살림보다 내가 좋아

살림보다 내가 좋아

초 판 1쇄 2023년 11월 28일

지은이 정가주
펴낸이 류종렬

펴낸곳 미다스북스
본부장 임종익
편집장 이다경
책임진행 김가영, 신은서, 박유진, 윤가희, 윤서영, 이예나

등록 2001년 3월 21일 제2001-000040호
주소 서울시 마포구 양화로 133 서교타워 711호
전화 02) 322-7802~3
팩스 02) 6007-1845
블로그 http://blog.naver.com/midasbooks
전자주소 midasbooks@hanmail.net
페이스북 https://www.facebook.com/midasbooks425
인스타그램 https://www.instagram/midasbooks

© 정가주, 미다스북스 2023, *Printed in Korea*.

ISBN 979-11-6910-399-2 03810

값 **17,500원**

미다스북스는 다음세대에게 필요한 지혜와 교양을 생각합니다.

살림보다   내가   좋아

정가주 지음

오십, 진짜 나를 위한 삶을 시작하다

미다스북스

오늘도 어김없이 하루가 시작되었다. 긴 연휴 끝에 혼자 맞는 아침은 남다르다. 아이들을 학교에 등교시키고 나면 갑자기 없던 힘이 불끈 생긴다. 엄마, 아내의 역할에서 온전히 홀로 즐기는 순간이다. 책 한 권과 노트북, 끄적거릴 노트와 연필 한 자루, 좋아하는 폴 킴의 〈커피 한 잔 할래요〉 노래를 플레이하는 시간. 밀린 빨래와 설거지가 눈에 들어오지만, 이 시간만큼은 자유롭다. 손이 많이 가던 아이들도 이제 엄마보다 친구를 더 찾는다. 시간은 여유로워졌지만, 마음이 울적하다. 사춘기 딸과 티격태격하며 싸우고 나면 괜스레 눈물이 핑 돈다. 뻑뻑해진 눈도 노안이 왔고, 무거운 거 번쩍번쩍 잘 들던 튼튼한 팔에도 오십견이 왔다. 탱탱하고 윤기 나던 머리카락도 흰머리가 마구 솟아나고 푸석해졌다. 내 젊음이 이렇게 힘없이 사그라드는 건가. 거울 앞에 서면 처진 눈 밑 살이 더 도드라져 시선을 휙 돌린다. 40대의 끝에 서서 지난 10년을 돌아본다. 두 아이 키우느라 이렇게 세월이 가버린 거야? 허무해진 내 마음은 누가 알아주나.

늦은 나이에 결혼해 두 아이를 기르며 나보다는 가족과 아이들을 위해 살았다. 41세에 둘째를 낳고 몸도 힘들고 마음은 더 힘들었다. 매일 끝없는 집안일과 육아에 치여 나를 돌보지 않고 하루하루를 살았다. 40대 중반이 되어서도 내 마음은 한없이 울적해지고 자신 없는 날들이 계속되었다. 남편과의 결혼 생활도, 집안 살림도, 나에 대한 자존감도, 앞으로 나아가려고 했지만, 매번 주저앉아 혼자 우울해지는 날들이 계속되었다. 두 아이는 나에게 기쁨이었지만 때로는 육아가 버겁다는 생각에 '이대로 살아도 괜찮은 걸까?' 속으로 한숨을 쉬며 살았다. 누구에게 의지하는 것보다는 혼자 스스로 끙끙대는 성격 탓에 친구를 만나도 터놓고 이야기하지 못하며 잠 못 드는 날들이 많았다. 겉으로는 괜찮은 척, 잘 사는 척했지만, 머리와 가슴으로는 늘 허기졌다. 그래도 유일한 기쁨은 혼자만의 시간을 보내는 것이었다. 가족들이 모두 나간 아침, 혼자 신문을 읽고, 노트에 필사하고, 산책하고, 커피는 마시는 것. 혼자만의 시간을 통해 에너지를 얻고 조금씩 힘을 낼 수 있었다.

내가 사는 곳은 경기도의 외곽, 앞에는 산이 있는 한적한 동네였다. 둘째를 임신하고 그곳으로 이사해서 거의 10년을 살았다. 집 앞에는 편의 시설도, 마트도 없는 조용한 동네였다. 아이들을 데리고 산에 가거나 놀이터에서 노는 것이 유일한 일상이었다. 때로는 새벽에 일어나 동이 트는 산을 바라보며 책을 읽고, 속상한 일이 있을 때는 혼자 산을 올랐다. 가슴이 뻥 뚫리게 숨을 헉헉거리며 흙길을 올라갔다. 씩씩하게 걷고 좋은 공기를 마시고 나면 내려올 땐 부드러운 마음이 되었다. 40대에 아들을 낳아 키우는 데 에너지가 많이 소모됐다. 축축 늘어지는 몸으로 하루하루 살기 바빴다. 몸이 힘드니 마음은 말할 것도 없었다. 내가 나를 위해 할 수 있는 일은 짬짬이 책을 읽는 일이었다. 진도는 더디게 나갔지만, 연필을 들고 밑줄을 긋는 그 순간이 좋았다. 책의 문장은 힘든 내 마음에 빛이 되고 힘이 되어주었다. 책을 읽는 날은 마음이 꽉 차서 무엇이라도 할 수 있을 것만 같았다. 누군가의 아내이자, 며느리이자, 엄마인 나. 내가 하고 싶은 일보다는 아이들의 꿈을 위해 살았고, 내가 먹고 싶은 것보단 가족의 먹거리를 신경을 쓰며, 나의 꿈은 항상 뒤로 갔다. 꿈도 많고 하고 싶은 일도 많았던 나, '내가 무엇을 할 수가 있을까. 그때 다른 선택을 했다면.' 하고 후회와 안타까움으로 시간을 보냈다.

여자 나이 마흔다섯, 해놓은 것은 없고 나이만 들어간다고 우울했던 그때, 집 앞에 작은 도서관이 생겼다. 친하게 지냈던 윗집 동생과 독서 모임을 만들었다. 도서관 1호 독서 모임이 탄생하였다. 두 명이 시작한 독서 모임은 육아하는 엄마들 여섯 명이 되었고 우리는 매주 도서관에서 만나 함께 책을 읽었다. 나는 얼떨결에 나이가 제일 많다는 이유로 독서 모임 리더가 되었다. '엄마의 인문학 살롱'이라는, 그 소박하고 따듯했던 독서 모임이 나를 점점 단단하게 만들었다. 책이 주는 기쁨은 누려본 사람만이 안다. 책을 읽으며 함께 웃고 울던 그 순간이 없었다면 나는 지금쯤 어떻게 살고 있었을까. 아줌마의 일상은 매일 비슷하고 특별한 이벤트도 없었지만, 똑같이 반복되는 일상에서 좋아하는 순간을 찾으려고 노력했다.

바다 건너 낯선 곳에서 살게 되면서 여전히 내 안에 많은 두려움이 있다는 걸 인정했다. 잘 살고 싶은 욕심에 여기저기를 기웃거리다 다시 제자리로 돌아오는 시간이 반복되었다. 상상 속에서의 나와 현실의 나를 비교하면 속이 쓰렸다. 아무도 날 알아보지 못하는 캘리포니아 땅에서 두려움을 깨버리고 '지금의 나'에 대해 받아들이고 인정했다. 흔들리는 사이프러스 나무를 보며 '나는 지금 흔들리고 있구나.', ' 나 지금 힘들구나.' 하고 내 마음을 들여다보게 되었다. 인정하고 나니 다시 무엇이라도 할 수 있을 것 같은 용기가 생겼다. 앞으로 나아가기 위해 제일 중요한 건 '나를 인정하고 받아들이는 것'이다. 자신 없고 무기력하고 힘없던 누군가의 엄마, 아내가 아니라 이제는 '나 자신'으로 당당히 살아간다.

　책을 읽고 나누고 끄적거리던 순간들이 모여 한 권의 책이 만들어지는 때를 상상하고 또 상상했다. '나는 할 수 있어.'라고 생각할 수 있기까지 너무나 긴 세월이 흘렀지만 50을 앞둔 지금이라도 용기를 낼 수 있어서 감사하다. 사춘기 딸과 함께 나도 지독한 갱년기를 겪으며 몸과 마음의 변화를 기록하였다. 좌절과 고통의 순간이 나를 사유의 길로 이끌었다. 더 이상 주저하지 않고 나를 위해 매일 한 걸음씩 나가는 꾸준한 사람, 나의 평범한 하루하루의 기록이 지금 육아에 지치고 삶의 방향을 잃은 힘겨워하는 엄마들에게 위로가 되고 용기를 주기를 바랄 뿐이다.

제1장 흰머리는 염색하면 되니까

제2장 이미 내 안에 존재하는 것

제3장 나만의 무늬를 그리는 시간

제4장 되고 싶은 나를 위한 일상

제1장

흰머리는 염색하면 되니까

흰머리는 염색하면 되니까

일 찍 결 혼 하 지 그 랬 어

오후 5시가 넘어가면 목덜미가 뻣뻣해진다. 아들은 하교 후에도 에너지를 분출하느라 집 안에 가만히 있지 못한다. 책가방만 던져 놓고 무조건 밖으로 나간다. 집 앞 공원에 나가 자전거를 타는 동안 나는 동네 한 바퀴 산책한다. 아들이 원하는 대로 축구공도 함께 차고 달리기 시합도 하고 싶지만 몇 발짝 뛰다 벤치에 앉는다. 아들 입에서 한숨이 나온다. "엄마는 재미없어." 나도 아들이랑 신나게 뛰고 싶다. 몸이 안 따라줘서 그렇지. 잠을 설쳤더니 눈도 뻑뻑하고 기운도 없다.

41세에 둘째를 낳았다. 첫째는 친정엄마가 도와주셔서 키우는 게 힘들지 않았다. 순하디 순한 딸이었기에 더 수월했다. 40세에 둘째를 갖고 친정과 떨어진 곳으로 이사를 왔다. 임신 기간부터 오로지 육아와 살림은 내 것이 되었다. 저녁밥을 하는 것도, 유치원에 갔다 온 딸의 육아도, 살림도 임신 기간에는 모든 게 힘들었다. 게다가 마흔이 넘어 아이를 가지니 몸도 마음도 매일 축 처지고 더 무겁기만 했다. 딸을 유치원에 보내면 종일 집에서 누워 있었다. 먹고 싶은 것도 없었고 어디 나가고 싶은 마음도 없었다. 낯선 동네에서 아는 친구도 없었고 그렇다고 밖에 나가 스트레스를 풀 성격도 아니었다. 배가 부르니 점점 힘들어졌고, 다리도 붓고, 속은 메슥거리고. 둘째를 만난다는 기쁨은 있었으나 난 노산인 아줌마일 뿐이었다.

자연분만으로 낳았던 첫째와는 달리 둘째는 분만일에 응급상황이 생겨 제왕 절개 수술로 낳았다. 회복은 더디고 한 달이 넘어서야 아이를 품에 안을 수가 있었다. 집에 와 계시던 이모님의 도움 없이는 육아도 살림도 제대로 할 수가 없었다. 100일 지나고 오로지 나 혼자 육아를 하게 되며 전쟁 같은 하루하루를 보냈다. 기어 다니고 아무거나 입에 넣는 아들을 졸졸 따라다니며 온종일 집에 틀어박혀 정신이 나간 채로 보냈다. 가끔 친구에게 전화가 오면 서러운 마음에 펑펑 울고 나서야 기분이 조금 풀렸다. 몸과 마음은 지쳐갔고 바쁜 남편도 내 편이 되어주질 않았다.

아들이 어린이집에 갔던 4세 때 나는 집에서 30분 정도 거리에 있는 도서관 '그림책 쓰기' 과정에 등록했다. 평소에 배우고 싶었던 공부를 하니 숨통이 트이는 것 같았다. 나이 마흔이 훌쩍 넘어서야 비로소 혼자만의 시간이 생겼다. 아이들을 다 재우고 나면 고요한 시간이 찾아왔다. 몸은 힘들었지만, 그때는 내가 온전히 하고 싶은 일에 집중했다. 너무 졸려 꾸벅꾸벅 졸면서도 잠깐 책상에 앉아 책을 읽었다. 하루에 한 줄, 한 페이지라도 읽는 날은 뭔가 했다는 생각에 뿌듯했다. 주말에도 출근했던 남편한테 육아 스트레스까지 털어놓을 수가 없었다. 둘째 아이는 유모차에 태우고, 첫째 딸은 손을 잡고 집 앞에 있는 산에 올라 잠깐 바람을 쐬거나 커피전문점에 가서 커피 한 잔을 사 먹고 잠깐 휴식 시간을 갖는 일이 유일한 낙이었다. 아들은 딸과는 달랐다. 무조건 앞으로 직진하며 달리거나 위험한 곳을 오르거나 훌쩍 뛰어내리거나. 밖에 나가면 아들 뒤를 계속 눈으로 좇아야만 했다. 아들이 달리면 나도 달리고 아들이 도로를 뛰어 건너면 나는 소리를 지르며 '멈춰!', '그만해!'를 입에 달고 살았다.

그런 아들이 지금은 열 살, 내 나이는 이제 50을 바라보고 있다. 10년이면 강산이 변한다는데 내 모습도 많이 바뀌었다. 안 좋았던 어깨결림은 더 심해지고, 1.5를 유지하던 시력도 이제 노안이다. 풍성했던 머리숱은 매일 우수수 빠지고 한 달에 한 번 새치 염색을 하지 않으면 아들에게 할머니 소리를 듣는다. 내가 널 어떻게 키웠는데 엄마보고 할머니래? 그래도 아들은 잘 때마다 나에게 말한다.

"엄마, 좀 일찍 결혼하지. 그러면 지금 젊은 엄마일 거 아니야."

아들이 풀이 죽은 목소리로 말한다. 마음이 짠해진다. 그것도 그럴 것
이 아들 친구들 엄마는 아직 젊은 40대 초반이니까. 맞다, 30대도 있다.
'나도 일찍 결혼하고 싶은 마음이 왜 없었겠니, 아들아. 나이는 숫자에 불
과하단다.' 속으로는 이렇게 외치지만 아들이 하는 말도 맞다. 나는 이제
젊은 엄마가 아니다. 오후 5시가 넘어가면 체력이 급하게 떨어지며 예민
해지는 나이 많은 아줌마가 되었다. 매일 같이 놀아달라는 아들의 요구
에 시늉만 내다가 금방 지쳐서 힘이 빠지는 재미없는 엄마이기도 하다.
아들이 안쓰러워 '오늘은 꼭 재밌게 놀아줘야지.' 다짐하면서도 게임기만
들고 있으면 혈압이 올라 소리를 지르게 되는 나는 나이 50 엄마가 된다.
아들이 대학생이 되면 내 나이는 얼마일까. 아들이 결혼하게 되면 그때
내 나이는.

두 아이를 키우면서 40대를 보냈다. 시간이 어찌나 빨리 지나갔는지
지금 생각하면 내가 벌써 50이라고? 하며 깜짝 놀랄 때가 많다. '내 40대
돌려줘!' 마음속으로 울부짖지만 두 아이가 큰 모습을 보면 한편으로는

뿌듯한 마음이 든다. 아들 말대로 할머니는 빨리 되고 싶지 않지만 나이가 드는 걸 막을 수는 없다. 맨날 지친 몸과 얼굴로 나이 들어가는 걸 팍팍 티 내며 살고 싶지는 않다. 이제는 나를 돌아볼 때다. 여기저기 아프고 쑤시는 내 몸을 챙기고 들쑥날쑥한 마음을 보살펴야 할 나이다. 문요한의 책 『이제 몸을 챙깁니다』에서 '몸 챙김은 순간순간 따뜻한 주의를 몸에 기울이는 것'이라 했다. 엄마의 심신 단련. 몸과 마음은 연결돼 있다고 하지 않는가. 나이 들었다고 우울해하지 않고 지금의 나를 돌보는 일을 시작해야 한다. 시들시들한 몸과 마음을 가꾸는 일은 나만이 할 수 있다.

"엄마, 할머니 빨리 되지 마…."

종일 말 안 듣던 아들이 마음 약해지게 한 마디 툭 내뱉는다.

"그래, 아들아. 엄마 운동도 열심히 하고, 흰머리도 꼭 자주자주 염색할게. 젊은 엄마들처럼 예쁘게 하고 다닐게."

왠지 씁쓸한 마음이 든다. 나도 에너지 많은 엄마가 되고 싶다고. 아들이 잠든 후 맥주 한잔을 하며 다이어리에 끄적거리며 하루를 마무리한다.

21

살 림 은   잘 하 나 요 ?

언젠가 남편과 싸웠는데(무슨 일로 싸웠는지는 기억이 안 난다.) 지금까지 마음속에 남는 말은 "어떻게 결혼한 지 10년이 넘었는데 살림하는 게 늘지 않아?"다.

"꼭 살림이 늘어야만 해?" 날을 바짝 세운 채로 남편에게 톡 쏘아 말했지만, 속으론 마음이 쪼그라들어 여러 가지 생각이 맴돌았다. 결혼한 지 10년이 넘으면 살림을 처음보다 잘해야 하는 건가. 정말 내가 살림을 못 하는 건가. 살림을 못 한다는 게 대체 뭐지. 그럼 내가 지금까지 했던 살림은 살림이 아닌가. '아이 둘 낳고 허둥지둥 그래도 잘 키우고, 잘 먹이고, 잘 치우고 산다고 생각했는데, 난 뭐한 거지?'라는 자책감부터 '그래

난 안 돼.'라는 자신감 결여까지 복잡한 마음이 들었다. 그놈의 살림이 뭔지.

남편이 말했던 살림은 집안일에 포함되는 것, 이를테면 청소, 정리 정돈 뭐 이 정도 아닐까 한다.

아마도 재테크나 더 많은 걸 바라고 있을지도 모른다. 완벽하진 않지만 매일 청소는 했다. 언젠가 정리 정돈 전문가가 TV에 나와서 옷장이나 서랍 속을 정리하는 것을 보고는 입이 딱 벌어졌다. 하지만 정리 전문가를 불러 집 안을 다 정리하려면 돈도 많이 들었다.

'이 정도면 괜찮지 않아? 무슨 모델 하우스 꾸밀 것도 아니고 애들 있는 집이 다 그렇지.'

특별히 요리에도 관심이 없었고 남들 다 한다는 재테크도 잘 몰랐다. 그럼 난 뭘 잘하지? 가끔 SNS에 살림 잘하는 분들의 사진을 보면 '와!' 하고 절로 감탄사가 나왔다. 어떻게 저렇게 똑 부러지게 살림을 하는 거야? 인테리어며 옷장 속의 정리 정돈, 깔끔한 상차림까지. 인테리어와 요리책을 주문해서 나도 한번 따라 해볼까 하다가도 조금 지나면 시큰둥해졌다. 아이들을 잘 먹이기 위해 없는 요리 솜씨를 발휘해서 이것저것 만들어 보는 것 이외에는 별 욕심이 없었다. 결혼 전에는 베이킹도 배워서 케이크도 만들고 호두 파이도 만들었었는데.

얼마 전 땅을 사서 집을 지은 친구네 집에 갔다 왔다. 평소에 깔끔하고 정리 잘하는 똑 부러지는 친구라 집도 기대가 됐다. 골목에 차를 대고 마당에 들어서니 입구 양옆으로 새로 심은 소나무와 잘 손질된 잔디가 눈에 띄었다. 역시 집은 주인 닮는다더니. 부엌 아일랜드 테이블과 싱크대 위에 아무것도 없었다. 지저분한 살림살이들이 하나도 없었다. 모델 하우스처럼 깨끗했다.

"너 살림은 하는 거냐?" 웃으며 말을 했지만, 수납장에 착착 정리되어 있는 것을 보고 입을 다물지 못했다. 그릇, 냄비도 딱 몇 개만, 사는 데 필요한 최소한의 살림살이만 있었다. 커다란 창을 통해 주변의 초록들이 눈에 들어왔다. 화이트 톤의 실내 장식과는 대조적으로 초여름 더 푸르러진 나무들을 보는 것만으로도 눈이 시원해졌다. 아이들 방을 봐도 거실을 봐도 정말 반들반들 윤이 났다. 집에 물건이 없으니 마음도 편해졌다. 마당에 있는 테이블에 앉아 차 한 잔 마시며 풍경을 감상하는 친구 모습이 그려졌다. 친구에게 살림 잘하는 비결을 물어보니 매번 같은 말을 한다. "그냥 다 버려야 해. 쓰지 않는 건."

살림을 잘한다는 건 단순하게 만들어야 한다는 의미다. 적당히 버릴 것은 버리면서 설렁설렁 틈이 생기게 하는 거다. 물건도 사람도 뒤죽박죽 섞여 있으면 마음이 괴롭고 스트레스를 받는 것처럼. 나 자신과 집안일 사이에 균형을 잡아 살아야 했다.

살림의 사전적 의미를 찾아보았다. 내가 글에서 말하는 살림의 의미는 '한 집안을 이루어 살아가는 일'이라고 한다. 한 집안을 이루어 살아가기 위해선 주부로서 희생해야 할 것들이 너무 많다. 하기 싫은 집안일을 어쩔 수 없이 해야 하는 괴로움, 매일 해야 할 일들 때문에 나를 포기하고 산 날들을 생각하니 가슴이 울렁거린다. 가정주부에게 '매일'은 어떤 의미일까. 잘하진 못해도 반복해야 하는 일들이 생각보다 많다. 반복되는 일들이 마음의 짐이자 체력의 한계로 짜증이 극에 달하면. 그냥 하루는 내팽개치고 싶어진다. 책 『내가 사랑하는 지겨움』은 10년 차 라디오 PD의 이야기이다. 라디오라는 매체가 삶과 닮은 점이 많다는 작가의 문장에 공감하며 읽고 있다.

"이래서 라디오가 삶과 닮았다는 거다. 줄기차게 찾아오는 내일. (중략) 이렇게 특별한 날은 잠시 쉬었다가 흘러가도 될 텐데 봐주는 것 없이 오늘이 지나면 내일이 온다. 매일매일이다. 라디오도, 삶도."
― 장수연, 『내가 사랑하는 지겨움』

하루쯤은 밥도 하기 싫고, 청소도 하기 싫고, 아이들에게도 신경 쓰고 싶지 않은 날이 있지만 줄기차게 아침은 다시 오고, 밥때는 꼬박꼬박 돌아온다. 정말 매일매일이다. 뒤돌아서면 점심때고, 설거지하고 정리하다 보면 저녁밥 메뉴를 고민해야 한다. 엄마들끼리 하는 말이 있다. 밥만 안 해도 살 것 같다고. 나도 살림을 잘하는 아내가 되고 싶지만 때로는 마냥 늘어져 아무것도 안 하고 싶을 때가 많다. 하루하루 빨래는 줄기차게 쌓여가고 먼지도 쌓여간다. 하루 아무것도 안 하고 있으면 집 안은 금방 엉망이 된다. 살림을 잘하는 것보다 현상 유지가 더 필요한 때였다.

내 몸도 제대로 돌봐주지 못하고 오로지 아이들과 집안일에 매달렸던 그때. 나는 그냥 시간이 빨리 가기만을 바랐다. 아이들도 얼른 크고 내 시간도 많아지기를 간절히 바랐다. 나는 살림보다 책이 좋았고 서점에 가는 것이 좋았고 혼자 산책하며 고요히 있는 것을 좋아했다. 주부의 몫을 성실히 하지 않은 것이 아닌데 자꾸만 뭔가 허전한 기분이 들었다. 아이들에게 사랑을 주는 엄마였지만 나를 사랑하는 것이 힘들었다. 내가 잘하는 것이 뭘까. 나는 앞으로 뭘 해야 할까. 혼자 밤마다 생각했다. 반복되는 일상에서 나를 위한 시간이 꼭 필요했다. 매일 밤 혼자 공책에 내가 하고 싶은 일에 관해 쓰기 시작한 때가 그때쯤부터이다. 살림보다는 내가 정말 잘하고 싶은 일에 대해 생각하고 또 생각했던 때. 그때는 무엇을 잘하려고 하기보다는 힘을 빼는 게 중요했다. 뒤죽박죽 엉켜 있는 물건들을 정리하느라 힘들이는 것보다 꼭 필요한 것만 남기고 다 버려야 했다. 다 잘하려고 애쓰지 말고 밥하기 싫은 날에는 배달 음식도 시켜 먹고 청소하기가 귀찮은 날에는 건너뛰기도 했다. 몸이 고달프면 마음도 쉽게 지치니까. 내가 해야만 하는 일들에 둘러싸여 옴짝달싹 못 할 때는 잠시 숨을 고르고 밖으로 나왔다. 가슴이 너무 답답한 날엔 조용히 아이들을 남편에게 맡겨둔 채 무작정 밖으로 나와 걸었다. 그래야 좀 숨을 쉴 수가 있었다. 살림보다는 내가 잘할 수 있는 일을 찾고 싶었다. 나도 뭔가 잘하는 일을 만들고 싶었다.

사 춘 기   대   갱 년 기

머리카락이 우수수 빠진다. 탄력 있고 탐스럽던 내 머리카락은 빛을 잃었다. 염색한 지 아직 한 달이 되지 않았는데도 정수리에 흰머리가 삐죽 나오기 시작했다. 이마 위로 머리숱이 더 없어 보인다. 아침에 친구를 만나러 나가는 길, 아무리 화장하고 머리를 해도 예쁜 티가 나지 않는다. 휑한 앞머리에 친구가 추천해준 흑채를 살며시 뿌리고 광채 스틱을 이마에 바른 후 한숨을 푹 쉬며 집을 나선다.

캘리포니아 햇빛이 사람 잡는다. 사막 한가운데 서 있는 느낌이다. 모자를 쓰고 선글라스를 착용해도 얼굴에는 잡티가 올라오고, 머리카락은 점점 메말라간다. 아들이 피아노 레슨을 받는 동안 혼자 차 안에서 에어

28

컨을 세게 틀어놓고 유튜브로 갱년기 증상에 대해 검색한다. 피곤하고, 신경이 예민하고, 머리카락도 빠지고, 열도 오르내리고. 더위 때문만은 아닌 것 같다. 감정이 복잡하고, 시도 때도 없이 불안하고, 하루에도 열두 번 마음이 오락가락하는 건 나이 탓인가 보다.

　사춘기 딸과 갱년기 엄마가 만났다. 우리 둘은 치열하게 싸우고 울고 방문을 두드린다. 화해하고 미안하다 말하고 다시 웃고 또 싸운다. 네가 잘못한 것도 같고 내가 잘못한 것 같기도 하다. 하지만 그건 중요하지 않다. 계속 반복된다는 것, 앞으로도 끝나지 않을 것 같은 느낌이 든다. 30대 후반에 낳아 둘째를 40대 초반에 낳고 10년 넘게 육아하며 살았더니 어느새 50대가 코앞이다. 나에게 남은 건 저질 체력과 푸석한 피부와 휑한 머리, 그리고 감정이 널뛰는 그렇고 그런 초라한 모습일 뿐이다. 나보단 가족을 먼저 더 챙기고 나를 맨 뒤로 뒀는데 후회막급이다. 혼자 거울 앞에서 앞머리를 내려보고 옷을 바꿔 입어보고 별짓을 다 하지만 눈 밑에 다크서클이 오늘따라 왜 이리 진해 보이는지.

　얌전하고 엄마 껌딱지였던 딸은 6학년이 되자 안에 있던 모든 불만과 욕구를 터뜨리기 시작했다. 엄마보다는 친구가 더 좋을 나이가 된 것이다. 엄마가 하는 말은 잔소리로만 듣고 매일 집에서 하던 공부도 귀찮아했다. 모범생 같던 딸의 욕구 분출은 나를 당황하게 했고 딸은 말대답하고 방문을 잠그고, 나는 두드리며 소리를 질렀다. "빨리 안 열어? 너 진짜?" 딸과 내가 싸우기 시작하면 아들은 아무 말 없이 제 할 일을 하기 시작했다. 엄마의 불똥이 자기한테 튈까 봐 조용히 싸움이 끝나기만을 기다렸다. 편지도 써보고 카톡으로 화도 내보고 잠 못 드는 날도 많아졌다. 밤새 '사춘기 딸과 잘 지내는 법'도 검색하고 유튜브에 영상도 찾아보며 울다가 웃다가를 반복했다. 그러다가 엄마 바라기였던 딸이 혼자 스스로 성장해나가는 중임을 인정했다. 개성 가득하고 톡톡 튀며 자기가 하고 싶은 것이 확실한 아이가 되어 가고 있었다. 말수는 없었지만, 고집이 세고 하고 싶은 건 해야 하는 예전 내 모습을 생각했다. 책상에 혼자 앉아 이어폰으로 〈이문세의 별이 빛나는 밤에〉를 듣던 나의 여고 시절, 나도 혼자만의 세계에 빠져 있었지, 그때는 그랬었지, 하며 딸의 마음을 이해하기 시작했다. 며칠 지나면 또 불쑥불쑥 화가 오르긴 하지만 딸과의 거리를 두고 내가 하고 싶은 일에 집중했다. 일과가 끝난 뒤 맥주를 마시며 책을 보기. 그러다가 속에 말들이 쌓이면 노트북에 쓰기.

유튜브 영상을 봤다. '사춘기 자녀를 대하는 부모의 자세'라는 주제였다. 나에게 꼭 필요한 내용이었다. 사춘기 딸과 잘 지내는 방법은 거리두기라 한다. 문 잠그고 들어가면 두드리며 화내지 말고 그냥 둬야 한단다.

한때는 방문 두드리고 화내고 협박하며 나오라고 했다. 다 부질없었다. 배고프면 나온다는 걸 뒤늦게 알았다. 이제는 그냥 둔다. 때 되면 나오겠지. 딸 걱정 하지 말고 나나 걱정하자고. '방문 여는 방법'을 유튜브에 검색해봤자 사이만 더 나빠진다. 그냥 '지금은 혼자 있고 싶구나.' 인정해버리면 마음이 편하다. 열다섯 살, 딸도 성장하고 있다.

엄마란 존재는 무엇일까. 결혼한 후부터 임신과 출산, 육아와 끊임없는 집안일 매일 뒤치다꺼리하며 보낸 세월이 10년이 넘었다. 오늘도 부엌에서 감자를 채 썰고 쌀을 씻어 더운밥을 차려내는 일이 당연한 일이 되어 버렸다. 때로는 나에게 짜증과 불만을 쏟아내는 가족들에게 서운한 마음이 들어 우울했다. 내 수고를 알아주기나 할까. 마음을 가만히 들여다보니 내가 가족을 위해 희생했다는 마음이 크기 때문이었다. 우리가 괴로운 이유는 '얻고자 하는 생각' 때문이라는 법륜스님 말씀이 있다. 내가 이만큼 했으니 너희가 이렇게 해줘야 한다는 생각. 내가 그동안 온몸 바쳐 살림하고 키웠으니 고마워해야지 하는 생각들. 내가 원해서 한 건데 이제 와 억울한 마음이 드는 게 참 못나 보인다.

혼자 방에 앉아 읽던 책들을 뒤적거리고 공책에 쓴다. 술기운 탓에 마음 아파 눈물도 쏟지만, 속에 있는 말들을 꺼내놓으니 괜찮다. 이런 때일

수록 나를 챙겨야지. 어쩌면 딸보다 더 지독한 사춘기를 겪고 있는지도 모른다. 남편의 한마디, 딸의 행동 하나하나가 마음에 와서 꽂히는. 나는 갱년기 엄마가 되었다. 마음속에만 꽁하게 숨겨놓고 표현하지 않던 내가 화가 나면 소리 지르며 울기도 하고 큰소리로 깔깔 웃는다. 나도 두 번째 사춘기를 지내는 모양이다. 내 감정에 충실하게 산다는 게 뭔지 딸을 보며 알게 됐다. 수많은 시선과 정해진 틀에 갇혀 사느라 내가 원하는 게 뭔지 몰랐고 내 감정에 소홀했다. 하지만 이제 나도 딸처럼 다시 내가 될 순간이다. 본연의 나. 원래의 나로 돌아갈 순간이다. 밖으로 쏟아붓던 에너지를 나의 성장을 위해 쓸 시간이 왔다. 나이는 들어가지만, 아직 하고 싶은 일들이 너무 많다. 의욕으로 충만해지고 또 쉽게 사그라들기도 하지만 꾸준히 내가 좋아하는 일들을 발견하며 살고 싶다.

내일은 밖에 나가 맛있는 브런치도 먹고 읽고 싶었던 책도 주문해야지. 흰머리는 염색하면 되니까.

오십견 낫자고 기미를 얻을 순 없지

"악!"

오른쪽 팔이 갑자기 올라가지 않는다. 옷을 입으려고 팔을 드는 순간 비명을 질렀다. 찌릿하고 기분 나쁜 통증이다. 이삿짐 싸고 집 정리하느라 무리해서 그런가. 손목까지 욱신거린다. 어깨뼈부터 팔꿈치, 손목까지. '이게 뭔 일이래.' 멀쩡하던 팔이 아프니 참을 수가 없다. 찜질팩을 올리고 진통제를 먹어도 소용이 없다. 병원에 갔다. 오십견이란다. 말로만 듣던 오십견이다. 나이 50 무렵 오는 병이라 오십견이라 한다더니. 밤에 특히 심하다. 가만히 누워 있는데 손가락 마디가 저려온다. 서러움에 눈물이 흐른다. 슬프다. 얼마 전까지 쌀자루도 번쩍 들 수 있었는데, 내가 내 팔 힘을 너무 믿었나 보다. 주스 뚜껑을 돌려서 마시려는데 힘이 들어가지 않는다. 우리 집에서 제일 힘센 내가 힘을 못 쓰니 아이들이 "엄마 어떻게 해." 하며 걱정 어린 눈으로 쳐다본다. 두 팔로 소파도 옮기고 침대도 옮기고 별짓 다 했다. 남편이 이걸 어떻게 했냐고 물으면 "이런 건 힘으로 하는 게 아니야."라고 무표정하게 쓱 말하던 나였다.

　사진을 찍어보더니 목 디스크도 있단다. 주사를 맞고 3주 정도 치료하면 낫는다고 하니 믿어보기로 했다. 침대 위에 올라 덜덜 떨었다. 병든 닭처럼. 두 다리를 포개고 누워 있으니 처량하기도 했다. 옆으로 누워 여러 방을 맞으니 정신이 혼미하다. 주사를 맞고 나니 지압 비슷한 것을 해준다. 목에서 어깨 오른팔까지 물리치료사 손힘이 장난이 아니다. 꾹꾹 누르고 뭉친 근육을 풀어주니 개운하고 살 것 같다. 팔도 부드러워진 것 같다. 매일 이렇게 받으면 새로운 힘이 솟아날 것만 같은 지압이다. 다음은 초음파 치료다. 전기가 오르는, 찌릿하고 강력하고도 뭉근한 통증이 계속 이어졌다. 제일 아픈 부위를 지날 때는 벌떡 일어날 뻔했다. 탁탁 소리와 함께 기계가 팔을 움직일 때마다 뼈가 멍이 드는 것처럼. 물리치료는 좀 편하다. 찜질팩이 있는 침대에 누우면 전기치료 기계를 어깨와 팔뚝에 연결한다. 고무 뽁뽁이처럼 생겼다. 찌릿찌릿한 전기 자극이 오지만 앞에 했던 치료에 비하면 이건 아무렇지도 않다. 기다리는 시간이 지루할 지경이다. 따뜻한 침대에 누워 있으니 잠이 솔솔 온다. 험난한 치료 과정이 끝난 거구나 생각하니 긴장이 풀린다. 커튼 밖으로 분주하게 움직이는 물리치료사들의 목소리가 들린다.

"불편한 거 있으시면 말씀하세요."

늦은 출산과 육아로 이미 몸 여기저기에서 삐거덕거리는 소리가 났다. '아이고 힘들어.' 소리를 달고 살았다. 아들이 막 뛰기 시작했을 때는 언제든 나도 같이 뛸 준비가 되어 있어야 했다. 차가 다니는 건널목도 앞뒤 안 가리고 무조건 직진이었다. 매일 밤 지쳐서 아무것도 하기 싫을 때마다 나는 결심했다.

'내일부터는 꼭 운동을 시작해야지.'

아파트 커뮤니티에 있는 헬스장에서 일주일에 세 번 필라테스를 하기 시작했다. 젊은 선생님의 탄탄한 몸매를 보면서 '나도 저렇게 될 거야.' 굳은 결심을 하곤 했다. 굽혀지지 않았던 허리를 무리하게 앞으로 당기고 다리를 찢고 1시간 내내 정신없이 따라 했다. 그런 내 모습이 안쓰러웠던지 선생님은 "처음에는 너무 무리하지 말고 되는 만큼만 하셔도 충분해요."라고 하셨지만 절망적이었다.

뻣뻣한 줄은 알았지만, 도무지 유연한 곳이라고는 아무 데도 없었다. 첫날 필라테스를 하고 난 뒤 일주일을 앓았다. 한 달을 등록했는데 다 못 채우고 그만뒀다.

'내가 바랐던 탄탄한 몸은 멀어졌구나.' 느꼈을 때 친한 동생의 권유로 발레를 등록했다. 왠지 발레는 나랑 잘 맞을 것 같았다. 발레를 시작하기 전에 발레복과 발레 슈즈를 샀다. '예쁜 발레복만큼이나 나도 잘 할 수 있을 거야. 우아한 동작을 따라 하다 보면 나도 몸매가 유연하고 우아해지겠지.'라는 생각은 착각이었다. 우아한 동작이 나오려면 먼저 내 몸을 단단하게 단련시켜야 했다. 필라테스만큼 온몸의 근육을 다 사용하고 죽을 만큼 반복해야 발레리나의 아름다운 동작 하나를 겨우 따라 할 수 있을까 말까 였다. 모든 운동은 매일의 반복, 지겹지만 꾸준히 연습해야 몸에 붙는다는 것을 깨달았다. 종아리에 알통이 생기고 발에 굳은살이 박이고 매일 근육 통증에 시달리며 종일 연습해야 하는 발레리나들의 고통이 이해되기 시작했다. 하지만 의지박약의 내가 고통을 짊어지기에는 스트레스가 너무 컸다. 몰입과 집중, 성실함이 요구되는 운동이었다. 아마도 그때 내가 놓지 않고 꾸준히 했다면 지금 어떤 동작을 할 수 있었을까.

그 이후로는 집에서 요가를 했다. 온라인에서 모여 하루에 한두 동작씩 따라 하고 사진을 찍어 인증하는 모임이었다. 초보 요가인에게는 어려웠지만 되든 안 되든 따라 했다. 온라인이라 정확한 자세를 교정받을 수는 없어도 각자 편한 시간에 할 수 있다는 게 좋았다. 처음은 힘들었지만, 하루하루가 지날수록 따라 할 수 있는 동작이 많아졌다. 함께 하는 사람들이 있으니 매일 꾸준히 할 수가 있었다. 다른 사람들의 동작을 보며 내 몸을 생각했다. 펴지지 않는 몸은 마찬가지였지만 운동을 대하는 마음가짐은 조금씩 변화되었다. 매일 꾸준히 시간을 들여서 해야 한다는 것. 하기 싫은 마음이 들 때 한 번 더 움직여야 한다는 것. 하루 10분이라도 몸을 움직여야 내일도 할 수 있다는 것. 안 되면 안 되는 대로, 되면 조금 더 완벽한 동작이 되도록 매일 같은 동작을 반복했다. 집에서 하는 수련이니 일단 요가 매트를 펴는 것이 중요했다. 침대 옆에 매트를 펴고 위에 앉으면 그때부터는 잠깐이라도 수련을 할 수 있었다. 보통은 자기 전 10~20분 동안 요가 유튜브를 켜놓고 따라 했다. 내가 요가하는 모습을 보고 아이들은 같이 하기도 하고 내 모습을 사진으로 찍어 이상한 동작을 수정해 주기도 했다. 요가를 하는 동안은 하루의 내 기분을 돌아볼 수 있는 시간이었다. 마음이 울퉁불퉁해졌을 때는 매트 위에 가만히 누워있기만 해도 고요해짐을 느꼈다. 요가는 내 몸과 마음을 살펴주는 운동이자 마음 챙김의 행위였다. 무조건 내 몸을 위해 운동했을 때와는 다르게 내 마음을 다스리며 하는 운동이라고 생각하니 매일 꾸준히 할 수가 있었다. 잘하려고 하지 않아도 매트를 편 날은 오늘도 했다는 생각에 뿌듯해졌다.

  하루에도 여러 번 들쑥날쑥해지는 기분과 오후 되면 축 처지는 체력을 그냥 내버려 둘 수만은 없다. 한숨만 쉬고 있으면 더 늙는다. 한동안 매일 한 끼는 샐러드와 과일만 먹은 적이 있다. 의식적으로 나에게 주는 자연식이었다. 매일 먹을 채소를 사서 손질해 놓고 접시에 예쁘게 담아 먹었다. 가족들을 위한 밥상이 아니라 나를 위한 건강한 밥상이었다. 물도 하루에 1.5ℓ를 마시려고 노력했다. 한 달 넘게 했더니 얼굴도 맑아졌다. 내 몸을 챙기는 것도 의식적으로 해야 한다는 걸 알았다. 올여름 유난히 땀이 삐질 난다. 임신 때를 빼고는 그렇게 더위를 타는 사람이 아닌데 몸이 뜨겁다. 노화가 시작되는 게 온몸으로 느껴진다. 시도 때도 없이 울컥하고 러닝머신에서 힘차게 달리다 방금 내려온 사람처럼 몸이 지치고 숨이 가쁘다. 안 챙겨 먹던 영양제를 왕창 먹는다. 콜라겐, 관절, 눈 노화 방지 그리고 종합 영양제와 유산균까지. 팔이 아파 아들에게 주무르라고 시켰더니 갑자기 깔깔 웃는다. 엄마 팔이 너무 출렁거린다나. 근육 없는 내 팔뚝과 종아리는 이리저리 왔다 갔다 마구 출렁인다. 젊었을 때 운동도 열심히 하고 음식도 가려 먹을걸. 후회도 해보지만 어쩔 수 없다. 지금부터 시작하면 되니까. 두 팔을 앞뒤로 크게 벌려 씩씩하게 걷는다. 큰 동작으로 흔들어야 오십견에 좋단다. 우아하게 말고 전투적으로. 선크림도 덕지덕지 바르고 챙이 넓은 모자도 써야 한다.

오십견 낫자고 기미를 얻을 순 없으니까.

복 숭 아 의   계 절

열이 펄펄 났다. 아들 이마가 뜨끈해지더니 눈도 빨갛게 충혈됐다. 온 종일 소파랑 딱 붙어서 밥도 먹다 말고 계속 시원한 음료수만 찾는다. 안 그래도 비쩍 마른 팔이 더 앙상하다. 아들이 좋아하는 매콤한 제육볶음을 해줄까 싶어 장 보러 마트에 갔다. 돼지고기 한 팩을 카트에 담고 버섯이랑 아들이 좋아하는 맛김치도 넣었다. 과일 코너에 가보니 장마 끝이라 수박이랑 포도, 복숭아 상자가 겹겹이 있다. 수박 한 덩이를 살까 복숭아를 살까 고민하다 '오늘만 세일' 특가라고 붙은 복숭아 앞을 서성거렸다.

쌓여 있는 많은 박스 중에 한 상자 사려고 보니 두 종류의 복숭아가 있다. 가격은 똑같은데 브랜드가 다르다. 어떤 걸 살까 요리조리 살펴보고 있으니 아줌마 한 분이 옆에 왔다.

"어떤 게 맛있을까요." (모르는 사람에게 말도 잘 거는 나는 아줌마)
"이건 물렁이고 저건 딱딱이네요."

그러고 보니 빛깔도 다르다. 말랑 복숭아는 껍질이 흰 분홍빛이다. 딱딱이는 더 불그스름하다. 물이 뚝뚝 떨어지는 말랑이를 살 것인가, 딱딱하지만 끝에 향긋한 맛이 감도는 딱딱이를 살 것인가. 잠깐 고민하다가 아이들이 더 잘 먹는 말랑이 한 상자를 골랐다.

첫째를 임신했을 때 복숭아를 엄청나게 먹었다. 복숭아만 당기니 무조건 딸이었다. 배가 제법 나오기 시작한 여름, 집 앞 총각네 과일가게에 가서 산 복숭아만 몇 박스다. 노산에 배는 점점 나오고 숨이 가빠지고 종일 시원한 마룻바닥에 딱 붙어서 복숭아만 먹었다. 원래 복숭아를 좋아했다. 여름에만 나오는 과일이라 일년 내내 먹을 수 없어 복숭아 통조림도 많이 먹었다. 노란 황도로 만든 달달한 복숭아 깡통만 보면 입에 침이 고였다. 커다란 그릇에 얼음을 잔뜩 넣고 복숭아 깡통 하나를 다 부어 화채처럼 시원하게 먹기도 했다. 이른 여름에 나오는 천도복숭아도 좋아했지만, 한여름에나 나오는 백도와 황도를 특히 좋아했다. 고기가 당겨야 아들이라는데. 그럼, 딸인 건가? 남편과 투닥거린 날 서러워서 종일 틀어박혀 울기만 했던 적이 있다. 저녁도 굶고 고픈 배를 부여잡고 밤을 보냈다. '이 나이에 내가 왜 결혼했을까. 아가를 잘 키울 수 있을까?' 혼란스럽고 억울한 마음이 들었다. 이른 아침, 남편이 현관문을 닫는 소리가 들렸다. 출근했나 보다 하고 무거운 몸을 일으켜 거실로 나갔다. 배에서는 꼬르륵 소리가 울려대고. 뭐 먹을 게 없나 부엌으로 갔다. 복숭아 두 박스가 있었다. 식탁 위에 가지런하게 있는 복숭아 상자. 백도였다. 분홍빛 아기 얼굴처럼 뽀얗고 탐스러운 백도 두 박스. 전날 저녁 방 밖에서 '나와서 먹어.' 한 게 복숭아였구나. 웃음이 피식 났다. 그 자리에서 복숭아 두 개를 바로 해치웠다. 아마 뱃속 아기도 원한 거였으리라. 복숭아 두 박스를 혼자 다 먹었다. 남편은 하나도 안 줬다. 싸움의 복수이자 복숭아에 대한 내 갈망이었다. '누구에게도 뺏기지 않으리라.' 하는 음식에 대한 욕구. 그해 여름, 나는 복숭아와 함께 더위와 싸우며 뜨겁게 보냈다.

복숭아처럼 탐스러운 딸이 태어났다. 복숭아를 많이 먹어서 그런지 피부가 더 뽀얗고 이쁘다.

"우리 지원이 가졌을 때 엄마가 진짜 복숭아 많이 먹었다. 정말 몇 개를 먹은 거야."

요즘 사춘기라 미운 짓만 골라 하지만 복숭아를 사 올 때마다 딸에게 말했다.

"너는 복숭아 먹고 태어난 딸이라서 이렇게 이뻐!'

이마트에서 잔뜩 장을 보고 주차장에서 낑낑거리며 엘리베이터까지 옮겼다. 복숭아 상자를 애지중지하며 문을 여는 순간, 그만 손에서 미끄러져 떨어졌다.
'오메 내 복숭아!!'

바닥에 이리저리 굴러다니는 복숭아를 다시 담았다. 멍이 들면 맛이 없는데. 집에 들어오자마자 복숭아 상태부터 살폈다. 몇 개가 벌써 군데군데 멍이 들어 있다. 제일 맛있게 생긴 복숭아를 하나 꺼냈다. 까슬거리는 껍질을 물로 박박 씻어 껍질을 벗겼다. 물이 뚝뚝 떨어진다. 내 입속으로 쏙 넣는다. '그래 이 맛이지!' 여름의 맛이다. 햇사레 복숭아다. '풍부한 햇살을 받고 탐스럽게 영근'이라는 뜻이란다. 이글이글 타는 햇살을 충분히 받고 영근 복숭아 한 알. 복숭아 한 알에 에너지가 가득하다. 껍질이 스르르 벗겨지는 복숭아 한 알을 잘라 아들 입에 쏙 넣어줬다. 열이 뚝 떨어지기를 바라면서.

고흐가 그린 복숭아나무 그림을 좋아한다. 고흐는 〈복숭아 꽃을 피우는 나무〉를 파리 근교 아를에서 그렸다. 자연의 아름다움을 느끼며 자신의 감정을 담아냈던 특징적인 작품 중 하나이다. 그림을 그렸을 때 생활이 어렵고 고통스러웠지만, 그림에 대한 열망을 작품에 담아내려고 애썼다. 금방 피었다 지는 복숭아꽃을 그리기 위해 온종일 뜨거운 태양 아래에서 그렸을 고흐를 생각해본다. 지치고 힘든 날에도 활짝 핀 복숭아꽃을 보며 탐스러운 복숭아 한 알을 맺는 날을 기다렸겠지. 태풍, 바람과 비, 땡볕을 견뎌 낸 붉어지고 둥글어진 열매 한 알을. 결혼하고 두 아이를 키우며 시간이 어떻게 흘렀는지도 모르게 훌쩍 지났다. 많은 여름을 지나왔다. 아이들은 모두 10대가 되었고 나도 나이 들었다. 여러 날을 복작거리며 잘 살아왔지만 삶은 매 순간 향기로울 수는 없었다. 피고 지고의 반복. 좋은 날도 있고 힘든 날도 있었다. 활짝 핀 복사꽃처럼 만개했던 청춘은 지났지만 뜨거운 날들을 살아낸 나를 응원하고 싶은 여름밤이다.

나 만 의   스 트 레 스   해 소 법

"엄마 나갔다 올게."

운동화를 얼른 신고 현관문을 쾅 닫았다. 주말 아침, 늦잠을 잔 아이들의 어지러운 방, 매일 돌려도 끝이 없는 빨랫감이 한가득 쌓여 있는 주방, 아무 데나 벗어놓은 옷들, 청소기도 돌려야 하고 점심도 준비해야 하는데 모두 나 몰라라 한다. 평소에는 '어휴' 한숨 한번 쉬고 내가 알아서 다 하지만 그날만큼은 참을 수가 없었다. 치워도 치워도 끝이 없는 집안일, 온 가족이 모두 집에 있는 주말, 바람이라도 쐬러 나가면 좋으련만 온종일 집에서 삼시 세끼를 하는 나, 다 던져버리고 며칠 여행이라도 가고 싶은 심정이 된다.

"엄마 어디 가?"

딸은 엄마 표정을 보고도 아무 말 안 하지만 아들은 궁금했나 보다. 현관까지 따라 나온다. 남편은 텔레비전만 보고 있고. 몸이 힘드니 모든 것이 귀찮다. 이럴 땐 잠깐 멈춰야지. 모든 집안일을 내려놓고 내 마음을 돌봐야 하는 시간이다. 예전에는 기분이 가라앉으면 집에만 있었다. 밖에 나가 움직이는 것 자체가 힘들었다.

어린 시절, 나는 말이 없고 내성적인 아이였다. 부모님과 선생님 말씀을 잘 듣는 이른바 모범생. 말수가 없으니 친구들과 잘 어울리지도 않았고 한 반에 한두 명 단짝 친구만 있었다. 그 친구들도 역시 조용조용한 아이들이었다. 고민과 불만이 있어도 밖으로 표현하지 않고 안으로만 끙끙거렸다. 친정엄마는 친구처럼 다정하셨지만 나는 무뚝뚝한 아빠를 닮았는지 겉으로 내색을 잘 하지 않았다. 두 분의 불화로 나는 더 말수가 줄어들었고 학교에 가서도 쉬는 시간에 책상에 엎드려 있는 시간이 많았다. 친구들에게도 마음을 터놓지 않으니 더 어울리는 게 힘들었다. 그때부터 혼자 있는 것이 익숙해진 것 같다. 독서실에 가서 밤늦게까지 끄적거리며 홀로 있는 시간이 좋아졌다. 하루 중에서 그 시간만이 오기를 기다렸다. 마음속이 허전해서였을까. 나의 텅 빈 마음은 나만이 위로해줄 수가 있었다.

아이들이 어릴 때는 더 그랬다. 집에만 있는 생활이 익숙하다가도 감정이 조울증 환자처럼 왔다 갔다 널뛰었다. 남편의 말 한마디에 상처받고 체력은 떨어져 몸과 마음이 다 피폐해졌다. 매일매일 눈을 뜨면 똑같은 날들이 펼쳐졌고 그 생활이 끝날 것 같지 않았다. 더군다나 늦게 결혼해서 40대에 아이를 낳은 나. 몸이 힘든 건 당연하고 이대로 나의 젊음이 끝날 것 같은 기분이었다. 종일 집에 있으니 화장은커녕 세수만 대충하고 늘어진 티셔츠에 아이들 로션만 대충 찍어 발랐다. 내가 할 수 있는 일이 없다는 생각에 우울했다. 밥하고 아이 키우는 일은 내가 꼭 해야 하는 일이었지만 나를 위해 뭘 어떻게 해야 할지, 어떤 노력을 해야 할지 생각조차 못했다. 하루하루가 그냥 스쳐 지나갔다. 나를 위한 시간을 내어 뭔가를 한다는 것은 엄두가 안 났다. 둘째가 어린이집에 가기 시작한 네 살이 되어서야 나만의 시간이 생기기 시작했다.

혼자 있는 시간을 즐긴다. 예전부터 밥집에 들어가 씩씩하게 혼자 먹는 것도 익숙하고, 혼자 쇼핑하거나 카페에서 커피 한 잔 시켜놓고 혼자 책을 읽는 것도 좋아한다. 첫째 아이가 어릴 때 친정엄마가 집에 오시면 잠깐 나가 카페에서 책을 읽다가 들어오기도 했다. 짧은 시간이었지만 혼자 있는 시간이 좋았다. 누군가는 혼자 있으면 너무 심심하다거나 뭘 해야 좋을지 모르겠다는 사람들도 많이 봤지만 난 타고난 성향인지는 몰라도 함께 하는 것보다 홀로 있을 때를 즐긴다. 혼자 있는 집에서 라디오를 틀어놓고 커피를 내리고 읽고 싶었던 책을 막 읽기 시작할 때, 햇빛이 들기 시작한 거실에서 새벽에 문 앞에 던져진 신문을 가져와 종이 냄새를 맡으며 읽어 내려갈 때, 집이 말끔하지는 않지만, 그럭저럭 깨끗하고 설거지 거리도 쌓여 있지 않을 때, 오늘 저녁 메뉴도 결정했고 아이들이 오기까지 서너 시간이 남았을 때, 혼자 있다는 여유로움에 무엇이라도 할 수 있을 것만 같은 느낌이 든다. 이런 날은 혼자 씩씩하게 산에 오르기도 한다. 일단 밖으로 나오면 우울하고 화가 나는 마음이 조금 가라앉는다. 지나가다 보게 되는 사람들, 풍경들에 시선을 뺏기다 보면 내가 가지고 있는 마음은 조금씩 내려놓게 된다.

내가 생각해도 내 마음을 모를 때, 앞으로 나아가고 싶지만, 자꾸 멈칫멈칫할 때, 한 집안의 아내로 엄마로 며느리로 사는 삶이 아닌 나로 살고 싶어질 때, 나는 혼자가 된다. 숨이 턱 막힐 때는 운동화를 신고 숨을 헉헉거리며 일부러 경사가 진 산비탈을 저벅저벅 올라가기도 하고, 그러다가 마음이 좀 잔잔해지면 잠깐 멈춰 얼음같이 차가운 계곡물에 손을 담그고 고요히 앉아만 있다가 내려오기도 한다. 봄에는 새로 돋아나는 연둣빛 연한 잎사귀 때문에 마음이 말랑말랑해지기도 하고 여름에는 짙어진 색깔과 향기 때문에 힘이 생기기도 한다. 노랗게 물들어있는 은행잎이 흙 위에 떨어질 때쯤 오르는 산도 좋다. 비가 온 다음 축축한 땅과 잎이 섞여 폭신하게 밟히는 느낌이 좋기도 하다. 올라갈 때는 씩씩거리며 온갖 원망을 남에게 돌리지만 내려올 때는 그래도 '그래서 그랬겠지.'라는 조금 넓은 마음이 되기도 한다. 콧노래까지는 아니지만 좋아하는 노래도 흥얼거리면서 발걸음은 가벼워진다.

혼자만의 시간을 보내는 것은 내 마음을 위로하는 일이다. 엉클어진 생각도 정리하고 불필요한 감정도 버리는 시간이 필요하다. 좋은 사람들과의 만남도 때로는 위로가 되지만 혼자 있는 시간을 보낸 뒤 나는 에너지를 얻는다. 화가 나거나 사람들에게 상처받을 때, 내가 미워지거나 정리가 필요할 때 혼자가 된다. 집 앞의 조용한 카페에 가서 책도 읽고 음악도 듣고 홀로 걷기도 하고, 살살 달래기도 하고, 용기를 북돋아 주기도 하고, 가끔은 '내가 그렇지.' 자책도 하는 날들도 있지만 그런 시간을 아끼는 내가 좋다.

좋은 엄마가 되는 건 어때

일요일 오전, 아들과 산책길에 나섰다. 아들은 자전거를 타고, 나는 천천히 걷다가 뛰기도 하면서 뒤를 따라갔다. "태원아, 같이 가!" 저만치 앞서가는 아이를 부르니 뒤를 돌아보며 멈춰 나를 바라봤다. 빠른 속도로 달리며 휙 지나가는 사람들을 보니 나도 빨리 달리고 싶은 마음이 들었다. 천천히 달리기를 시작하니 아들도 자전거를 타며 속력을 낸다. 따라잡을 수가 없다. 그래도 있는 힘껏 속도를 내어 쫓아간다. 금방 숨이 차서 달리기를 멈춘다. 바람도 없는 날씨다. 이렇게 모자도 안 쓰고 계속 걷다가는 얼굴이 금방 시커멓게 되겠지. 몇 분이 채 안 되어 다시 걷기 시작했다. 아들과 엄마의 친목 도모 시간이다. 휴일 산책길에는 많은 사람이 있다. 주로 가족과 함께하는 사람들이지만 때로는 반려견과 함께 운동하는 사람도 있다. 헬멧을 쓰고 자전거를 타는 연인들의 모습, 유모차를 밀며 뛰고 있는 타이트한 운동복을 입은 젊은 엄마, 천천히 걸으며 이어폰을 꽂고 중얼거리며 걷는 선글라스를 낀 할아버지. 제일 눈에 띄는 사람들은 내 또래의 아줌마들이다. 나보다 훨씬 빠르게 앞을 휙 지나가는 모습을 보며 탄탄한 다리 근육을 가진 내 모습을 상상해본다. 흐느적거리며 달리는 모습이 아니라 뛰는 것에도 아우라가 느껴지는 모습을. 잠깐 한눈을 팔다 보면 저만치 앞에서 아들이 씩씩거리며 나를 바라본다. '왜 이렇게 늦게 와. 엄마는…' 하는 표정으로.

잠시 길옆의 의자에 앉아 쉰다. 헬멧도 벗고 입고 온 겉옷도 벗어 던진다. 조금 더 가고 싶지만, 아들은 되돌아가자고 한다. 조금만 더 가면 널따란 잔디밭도 나오는데 재미가 없나 보다. 의자에 앉아 이런저런 이야기를 하며 쉬고 있을 때 아들은 대뜸 말한다.

"엄마는 꿈이 뭐야? 작가가 되는 거?"
"…그치, 엄마 글 쓰고 있잖아. 작가 되면 좋지 뭐."

내 꿈을 아들이 더 잘 알고 있다. 50이 다 된 엄마에게 꿈을 물어보다니. 자기는 작가도 되고, 마인크래프트도 세상에서 제일 잘하는 사람도 되고, 설민석 선생님처럼 재밌게 역사도 강의하는 사람도 되고 싶단다. 한때는 축구선수도 되고 싶다더니 이제 시들해졌다.

"그럼, 태원이는 엄마 응원해줄 거야?"
"어. 그런데 말이야. 좋은 엄마가 되는 건 언제?"

순간 머리가 띵하다. 아니 내가 좋은 엄마가 아니라는 건가. 아홉 살 아들의 입에서 저런 능청스러운 말이 나오다니.

"엄마가 좋은 엄마가 아니야?"
"어. 엄마 요즘 너무 잔소리를 많이 하잖아. 좀 친절한 엄마가 돼야지."

잔소리를 안 하는 엄마가 어디 있냐고 소리 높여 말했지만 돌아오는 길 마음 한구석이 쓸쓸했다. 내가 요즘 너무 나만 생각했나 하고. 더 어릴 때는 자기 전 그림책도 많이 읽어주고 잘 때 옆에서 토닥여주기도 했는데. 요즘은 '잘 자.' 하고 내 책상에 앉는다.

좋은 엄마가 되는 것과 나 자신으로 사는 것. 나는 이것도 저것도 아닌가 하는 마음이 불쑥 들 때가 있다. 내가 하고 싶은 것만 하며 살 수도 없고, 아들이 바라는 좋은 엄마가 되는 것도 힘든 일이다. 아이들이 어릴 때는 잘 키우는 것이 좋은 엄마가 되는 걸로 생각했다. 건강한 먹거리를 잘 챙겨 몸을 튼튼하게 하고, 정서적으로도 편안하게 해주는 것, 또 학교 공부도 잘 따라갈 수 있게 해야 하고. 백 점짜리 엄마는 못되어도 아이들에게 좋은 엄마 소리는 듣고 살 줄 알았는데. 내 욕심이 너무 심했나? 요즘 너무 욱하긴 했다. 예전보다 더 예민해지고 화가 많아지기도 했다. 그래도 아들에게 그런 말을 들으니 억울하기도 하고 허탈했다. 집에 돌아오는 길 어떻게 하면 좋은 엄마가 될 수 있을까를 물었다.

"내가 하고 싶은 거 다 해주고 잔소리 안 하는 친절한 엄마. 정말 화 안 내면 안 돼?"

"하고 싶은 걸 다 해주는 엄마가 세상에 어디 있어? 게임 종일 하겠다고 하면 엄마가 그거 다 해줘야 해? 그건 아니지. 대신 화는 좀 줄여볼게."

엄마가 친구들 엄마 중에서 제일 나이가 많다고 투덜거린다. 왜 자기를 일찍 낳지 않았냐고 볼멘소리도 하는 아들이다. 늦게 낳아 엄마 체력도 부실하고 갱년기 증상을 달고 사니 아들이 불만이 있을 만도 하다. 널

53

뛰는 기분 때문에 아이 마음도 이랬다저랬다 했을 거다. 화를 줄이기로 약속했는데 그날 저녁 숙제도 안 하고 씻지 않는 아들을 보며 다시 버럭 하려고 하는 순간,

"엄마. 숨을 크게 들이마시고~ 내쉬고. 크게 들이마시고~ 내쉬고." 하며 내 앞에서 호흡을 가다듬는 아이를 보니 웃음이 나왔다. 가슴이 시원해졌다.

잘 때마다 꼭 엄마가 옆에 누워 있기를 바라는 아들, 언제까지 글 써야 하냐며 투정도 부리고 안 잔다고 떼쓰기도 하는 아들을 안아주며 말했다.

"우리 태원이 덕분에 엄마가 글 쓸 수 있어 너무 좋아, 정말 최고야. 엄마가 작가가 되면 그건 우리 아들 덕이지. 엄마 글 쓸 수 있게 혼자 잘 준비 다 하고 엄마 도와줘서. 아들 사랑해."

어깨가 으쓱해진다. 표정이 밝아진다. 아마 아들이 더 큰다면 글 쓰는 엄마를 더 응원해 주지 않을까. 착한 엄마가 좋은 엄마라고 말하는 아들. 아직은 엄마가 옆에서 이것저것 챙겨주는 게 더 좋을 때다. 하고 싶은 일

을 하며 나답게 사는 것과 좋은 엄마가 되는 것은 선택의 문제가 아니다. 아이들이 어렸을 때는 뭐가 더 중요한 걸까 고민도 많이 했다. 아이들이 원하는 엄마 역할을 완벽하게 해낼 자신도 없었다. 내 시간을 갖는다는 것은 언제나 뒷전이었다. 내 책임과 의무 때문에 나를 자유롭게 하지 못했다. 나답게 사는 건 좋은 엄마 되기를 포기해야 하는 걸까. 나다우면서 엄마로서, 아내로서도 잘살 수 있지 않을까. 시간이 지나 훌쩍 컸을 때 잔소리하는 엄마보다는 나만의 세계를 가꾸며 사는 엄마가 더 멋지다고 말할지도 모른다. 좋은 엄마보다는 좋은 사람으로 마주 보는 날을 그린다. 그러니 지금 나를 챙기는 시간을 게을리하지 말 것!

It's my dream

어릴 적에는 내 꿈이 뭔지 몰랐다. 선생님, 부모님 말씀 잘 듣는 성실한 학생이었다. 특별히 내세울 만한 특기나 취미도 없었다. 피아노가 치고 싶어서 학원에 등록했고 몇 년이 지나 재미없어 그만뒀다. 친구 따라 간 미술학원에서는 내 그림보다 친구의 그림에 더 감탄했다. 운동 신경도 없어서 체력장에서 윗몸 일으키기도 간신히 했고 달리기도 빠르지 못했다. 친구들 사이에서도 그저 '얌전하고 착한' 아이로 통했다. 그 말은 뭐 하나 튀는 것 없고 평범한 아이라는 뜻이었다. 선생님이 내주시는 숙제를 성실하게 하는, 시험 준비는 벼락치기라도 꽤 열심히 준비해서 성적은 괜찮았다. 부모님은 공부를 더 잘하기를 원했고 좋은 대학에 들어가기를 바라셨다.

고등학교 1학년 때 음악 선생님은 방학 숙제로 '작곡하기'를 내주셨다. 시집에서 하나 골라 가사를 붙여 곡을 만들어 오는 것이었다. 방학이 끝나갈 무렵 나는 피아노 앞에 앉아 후다닥 곡을 만들었다. 김소월의 시를 가사로 하고 아주 단순한 리듬으로 한 곡을 만들었다. 어느 날 제출한 과제를 보고 음악 선생님이 조용히 부르시더니 '작곡 공부해보지 않을래?'라고 하셨다. 어쨌든 그 곡은 학교 전체 행사 때 무대 위 공연 곡으로 선정되었고 나는 처음으로 내 재능에 대해서 생각하게 되었다. 그 당시만 해도 공부를 잘해 좋은 대학에 가서 탄탄한 직장이나 전문직으로 사는 것이 올바르고 안정적인 일이라고 생각했다. 음악을 한다는 것은 미래를 보장받지 못하는 불투명하고 시원찮은 일이었다. 내 안에 무슨 욕망이 서서히 움직였는지는 모르지만, 그때부터 내가 하고 싶은 일이 무엇인지 생각하게 되었다.

학력고사 마지막 세대, 점수는 최악이었지만 재수할 엄두가 나지 않았다. 그저 성적에 맞추어 들어간 학교에서 의미 없는 대학 생활을 보냈다. 내가 뭘 하고 싶은지 모르는 채로 방황만 계속했다. 뭔가 감각적인 일을 하고 싶어 대학원에 들어가 패션 마케팅 공부도 했다. 작은 패션 회사에 들어가 옷에 대한 일을 시작했지만 내가 원하던 업무가 아니었다. 아니 너무 쉽고 막연하게만 생각했던 나에게 실망했다. 나보다 훨씬 감각적이고 재능 있는 사람들이 일해야 할 분야였다. 단순 업무만 계속하다가 다른 길을 찾기로 했다. 나의 20대, 공부도 열심히 하지 않고 뜬구름만 잡다가 세월을 다 보냈다. 돈도 없었다. 집의 경제 상황도 좋지 않았다. 꿈을 꾸는 건 어쩌면 사치인 것처럼 느껴졌다. 나는 돈을 벌어야 했다. 누구는 결혼하고 아이를 낳고 안정적인 가정생활을 시작할 20대 후반, 나는 할 수 있는 일이 아무것도 없었다. 두렵고 비참해졌다.

절망에 빠져 있을 때 내 모든 상황을 부모님 탓으로 돌렸다. 이혼하신 부모님이 원망스러웠다. 경제적으로 정신적으로 힘들게 한 아버지가 미웠다. 남들과 비교하며 자존감은 자꾸만 떨어졌다. '난 뭘 해도 안 돼.'라는 생각을 달고 살았다. 꿈을 꾸면 이루어진다는 말이 싫었다. 난 꿈이 없으니까. 절실하게 원하는 것도 없었고 시간만 보냈다. 그러다가 교회에 다니는 친구가 추천해준 책을 읽게 되었다. 『목적이 이끄는 삶』이라는 책이었다. 내용은 지금 가물가물하지만 '나에게도 신이 주신 삶의 목적'이라는 게 있지 않을까 생각했다. '나도 잘하는 게 하나쯤은 있지 않을까?' 하는 작은 희망이 생겼다. 그게 뭔지는 잘 몰랐지만. 그 이후로 비슷한 책을 더 읽었다. 읽고 또 읽었다. 그때까지 남 탓, 환경 탓만 했던 내가 부끄러워졌다. 서점에 가서 서성이는 시간이 늘어났다.

 책을 읽고 내가 할 수 있는 일에 대해 생각했다. 책을 읽으며 할 수 있
는 일을 찾다 보니 아이들을 가르치는 일이 좋을 것 같았다. 좋은 책을
함께 읽고 이야기 나누는 일은 자신이 있었다. 동네 조그만 상가에 교습
소를 차려놓고 아이들을 가르치기 시작했다. 처음엔 전 과목 지도였지만
점점 책에 관심이 생겨 독서 지도사 자격증을 따고 독서 수업을 했다.

 아이들 책을 읽으며 새로운 책 세계에 눈을 떴다. 책을 읽고 스스로 지
도안을 만들며 그룹으로 아이들을 가르치기 시작했다. 아이들의 눈높이
에서 재밌는 수업을 기획하다 보니 학부모들도 좋아했다. 결혼하고 첫째
아이를 낳고서도 계속 독서 지도 과외를 했다. 그때부터 새로운 꿈을 꾸
기 시작했다. 동네에 작은 그림책, 동화책 서점을 오픈하는 것이었다. 거
기에서 책 이야기도 나누고, 좋은 책을 소개하는 나를 상상했다.

 영화 〈미세스 해리스 파리에 가다〉의 여주인공은 청소부다. 남의 집
을 청소하다가 디올 드레스를 보고 첫눈에 반한다. 드레스를 사서 입는
모습을 상상하며 꿈을 꾼다. 모아 둔 돈을 가지고 파리 디올 매장에 가서
바라던 드레스를 사지만 매장의 매니저는 말한다.

59

"이 드레스는 아무나 사서 입을 수 있는 게 아니에요. 드레스에 어울리는 사람만이 살 수 있어요."

"It's my dream!"

해리스는 당당하다. 그 드레스를 입을 자격이 없다는 말에 주눅 들지 않고 말한다. 누구나 꿈을 꿀 수 있고 이룰 수 있다고. 전쟁에서 남편을 잃고 혼자가 된 해리스는 삶을 포기하지 않는다. 월급도 못 받고 절망적인 상황에서도 바라는 것을 선명하게 그린다. 매장 직원들의 도움으로 드레스를 맞추게 된 그녀는 꿈을 이뤘다. 혼자만 꾸는 꿈이었는데 꿈을 이루는 과정에서 다른 사람의 꿈도 지지하고 돕는다. 지금 상황과 나이가 어떻든 누구나 꿈을 꿀 수는 있다. 큰 목표를 세우고 성큼성큼 꿈을 향해 나가는 사람만이 원하는 걸 얻을 수 있다.

아직 난 서점의 주인이 되지 못했다. 아마 캘리포니아에서는 작은 서점을 갖는 일이 불가능할지도 모르겠다. 난 아직 영어에 서투니까. 영어로 말할 땐 쑥스러워서 어디 숨고 싶어지니까. 가끔 상상은 한다. 내가 좋아하는 그림책을 영어로 유창하게 설명하는 나를. 새로운 꿈이 생겼다. 어쩌면 그 꿈의 끝에는 서점 주인이 될 수도 있겠다. 책을 열심히, 잘 읽는 사람이 되어 좋은 책을 나누는 사람, 그런 책만큼이나 따뜻한 글을 쓰는 작가가 되는 일. 내가 가진 책과 글에 대한 온기로 다른 사람을 위로하는 사람. 조금이나마 도움이 되는 곳에서 내 가치를 인정받는 일. 생각만 해도 기쁘다.

나이 50에도 꿈을 꾸는 아줌마인 나, 꿈은 이루어진다.

제2장

이미 내 안에 존재하는 것

아 빠 의   유 산

호프 자런의 『랩걸』을 다시 읽고 있다. 이 책은 미국의 여성 과학자인 호프 자런의 인생 이야기가 담긴 책이다. 그녀는 과학 교수 아버지의 딸로 태어나 뛰어난 지구 물리학자에게 수여하는 제임스 매클 웨인 메달을 받고, 풀브라이트 상을 세 번 수상한 유일한 여성 과학자이기도 하다. 과학의 이야기이자 나무에 대한 깊은 이해로부터 인생을 이야기하는 이 책을 처음 읽을 때와는 다르게 한 단어, 한 문장 꼭꼭 씹어 마음에 담아가며 읽고 있다. 기억하고 싶은 문장이 많아 노트에 필사하고, 나무 이름을 찾아보고, 원서와 비교해보는 자발적 즐거움의 시간을 누리고 있다. '나무'에 대한 그림책을 책장에서 잔뜩 가져다 감상하며 함께 읽는 재미도 쏠쏠하다. 작가는 대학에서 물리학과 지구 과학을 가르쳤던 아버지의 실험실에 대해 회상한다. 어린 시절 아버지의 실험실에서 보고, 만지고, 느꼈던 것들을 생각하며 자신이 과학자가 된 것이 '깊은 본능'에 토대를 두었다고 말이다. 실험실이라는 공간에 대한 기억과 감각, 그곳에서 일했던 아버지의 모습이 그녀의 머리와 가슴에 자연스럽게 새겨져 있었다. 아버지로부터 받은 자연스러운 유산이 그녀를 만들었을 것이다.

"내가 확실히 안 유일한 사실은 언젠가 내 실험실을 갖게 된다는 것뿐이었다. (중략) 과학자라는 것은 단순한 직업이 아니라 아빠의 정체성이자 신분이었다. 과학자가 되고자 하는 내 욕망의 근본은 깊은 본능에 토대를 두고 있었고, 그 이상도 이하도 아니었다."
    – 호프 자런, 『랩걸』

그녀는 아버지의 실험실에서 '어린 여자아이에서 과학자로' 변신했다. 모든 실험 장비들을 만지고 가지고 놀던 소녀가 과학자로 성장해 간 것은 그녀의 숙명인지도 모르겠다. 나무와 식물의 삶에 빗대어 자신의 삶을 이뤄나가는 과정은 그리 순탄하지만은 않다. 그런데도 그녀가 꿈을 향해 노력하고 매진하는 모습은 감동적이다.

책을 읽으며 아빠와 함께했던 자런의 어린 시절이 부러웠다. 항상 무섭고 어려웠던 아빠를 생각하면 좋은 기억이 생각나지 않아서이다. 오랜 시간을 부정하며 살았다. 아빠를 미워하고 기억에서 지우려고 했다. 살갑게 대하지 못했다. 어릴 적 아빠의 서재는 집의 가장 안쪽에 있었다. 제일 조용하고 아늑한 그곳엔 커다란 책상이 있었다. 책상 위엔 글을 쓰실 때 사용하시던 타자기가 있었는데 동생과 나는 아빠가 안 계실 때면 종이를 끼워 넣고 글자를 치며 놀았다. 빙글빙글 돌아가는 의자에 둘이 앉아 피아노를 치듯 탁탁 소리를 내며 자판을 누르면 글자들이 종이에 그대로 인쇄되었다. 책장에 꽂혀 있는 책과 스크랩북은 아빠가 가장 아끼던 물건이었다. 신문을 자르고 스크랩북에 옮겨 꼼꼼하게 어떤 자료인지 기록을 남기는 일을 곁에서 많이 보며 자랐다. 살가운 딸은 아니었지만, 아빠가 쓰신 글들은 꼼꼼히 읽었다. 원고 마감이 되는 날이면 서재에서 나오지 않았다. 한참을 있다 나오실 때면 손엔 흰 봉투가 들려져 있었다. 난 서류 봉투 안의 종이 뭉치를 손으로 느끼며 완성된 문장들을 머릿속으로 상상하곤 했다. 마감이 끝나고 그다음 주면 아빠의 글이 신문 한쪽에 실렸다. 아침마다 배달되는 신문을 집으로 가져다 놓는 건 내 담당이었다. 아빠는 아침 드실 때 꼭 신문을 읽었다. 칼럼이 신문에 나오면 나를 불러 보여주시고, 기사를 잘라 스크랩북에 붙여 놓으셨다. 하나둘 늘어가는 스크랩북을 들춰보며 어렴풋하게 글을 쓰는 것에 대한 막연한 동경이 마음속에서 자라났다.

아빠의 서재 같은 공간은 나에게도 있다. 비록 작은 공간일지라도 이 곳에 앉아 책을 읽고 글을 쓰며 많은 생각을 한다. 자런의 실험실에 대한 글을 읽으며 오랜만에 아빠를 기억한다. 생각하면 가슴 아프고 미운 감정이 먼저 떠올랐지만, 글을 쓰며 아빠를 그리워하게 될 줄 몰랐다. 그 옛날 어린 나와 젊은 아빠의 모습을 추억 속에서 다시 꺼내 본다. 추억을 더듬어보며 아빠의 서재를 그리워한다. 힘이 들 때마다 글을 쓰고자 했던 내 마음이 아빠와 닮아 있다는 걸 지금에야 알았다. 마음이 답답하고 울컥한 날 차분하게 앉아 노트북을 펴는 나의 행동이 아빠에게서 왔다는 것을.

가만히 책상에 앉아 아빠를 기억한다. 커다란 아빠의 의자에 앉아 책상 위 타자기에 손을 올려놓는다. 굽은 어깨 넘어 보이던 흰 종이 위의 단어와 문장들을 바라본다. 아빠의 생각과 고뇌를 상상해본다. 담배를 피우시며 흰 종이를 뚫어져라 쳐다보시는 주름진 얼굴. 흰 연기 자욱한 방에 앉아 계시던 모습을. 한 글자, 한 글자 적어 내려가던 아빠의 손을 기억하며 이제 지금의 나로 돌아온다. 노트북에 타닥타닥 글을 쓰며 생각에 잠긴다. 말없이 수줍어하던 어린 나의 모습을 떠올린다. 타자기를 두드리며 글을 새겼던 어릴 적 내가 보인다. 아빠에게 쉽게 말을 건네지 못했던 나를. 차곡차곡 모아 두신 스크랩북 속에서의 아빠의 글을 마음 속에서 다시 꺼내 읽어본다.

아이들에게 나는 어떤 유산을 남겨주게 될까. 내가 책 읽고 글 쓰는 모습을 아이들이 기억해주었으면 좋겠다. 자연스럽게 아이들의 몸과 마음에 스며드는 유산이 되기를 바랄 뿐이다.

엘리자베스 브라운처럼 살기

그림책 『도서관』을 아이들과 함께 읽었다. 겉표지를 보면 주인공 엘리자베스 브라운의 모습이 나온다. 책에 감춰져 얼굴이 보이진 않지만, 그녀가 책 속에 풍덩 빠져 있음을 짐작할 수 있다. 한 손으로 끌고 있는 책 수레에서 책이 떨어지는 것도 모르고 책을 보며 앞으로 걸어가는 모습을 보면 보통의 독자는 아닌 것 같다. 공원 벤치에 앉아 수십 마리의 비둘기가 옆으로 날아드는 것도 모르고 독서 삼매경이고, 빗속을 걸어가면서도 책에 빠져 있다. 누가 그녀만큼이나 책을 좋아할 수가 있을까. 마르고, 눈 나쁘고, 수줍음 많은 아이였지만 어릴 때부터 책에 빠진 그녀. 잠잘 때도, 운동할 때도 책에서 눈을 떼지 않았다. 그녀의 일상은 책 그 자체였던 셈이다. 책을 읽고, 읽고, 또 읽는 삶 말이다. 커다란 안경을 낀 그녀의 얼굴은 자세히 보이지도 않는다. 그런 그녀의 집은 더 이상 한 권도 사들일 수 없는 지경에 이르렀다. 책으로 꽉 찬 집에서 엘리자베스는 생각한다. 그리고 그날 오후 당장 실천에 옮긴다. 엘리자베스 브라운은 행복한 마음으로 시내로 걸어간다. 자전거도 필요 없고, 비단 리본도 필요하지 않다. 곧장 법원으로 걸어가서 말한다.

"나, 엘리자베스 브라운은 전 재산을 이 마을에 헌납합니다."

도서관을 짓고 집에 있는 책 전부를 기부한 그녀는 그래도 계속 책을 읽는다. 나이가 들어서도 책은 그녀의 좋은 친구가 되어줄 것이다.

아이가 태어나고 나의 도서관 생활이 시작되었다. 육아하면서 마음대로 외출하지는 못했지만, 아이와 함께한 일상 중의 하나가 도서관에 가는 것이었다. 첫째 아이를 유모차에 태우고 집 앞의 도서관에 부지런히 다녔다. 집에서 10분 거리였지만 항상 들고 갈 짐이 가득했다. 한여름에 아파트 입구에서 도서관까지 가면 땀이 삐질 나왔다. 아직 글자를 읽지 못하는 아이에게 읽어줄 그림책을 왕창 빌려 읽어주고 또 읽어주었다. 아이가 걷기 시작할 무렵엔 이사 간 동네의 작은 도서관에 자주 아이를 데리고 갔다. 아이는 큰 규모의 공공 도서관에서 느끼지 못했던 아늑한 분위기를 더 마음에 들어 했다. 도서관 실내에 그네가 있고 신발을 벗고 마루에 누워 만화책을 보는 다락방까지 있던 곳. 마당에는 미끄럼틀이 있어서 책을 읽다가 나가서 뛰어놀기도 했던 곳. 이름도 예쁜 느티나무 도서관이었다. 그림책 낭독 시간에 자원봉사자 언니가 읽어주던 그림책을 잊지 못하는 아이. 매주 그림책의 그림을 슬라이드로 만들어 상영했던 '이야기 극장'을 보며 아이는 아마도 책보다는 도서관에 간다는 것 자체를 즐겼을지도 모른다. 아이와 내가 함께 책을 고르고 즐긴 그 공간에서 작은 도서관의 관장님이 된 나를 상상하곤 했다.

둘째 아이가 태어나고 나니 도서관에 자주 갈 수가 없었다. 더군다나 새로 이사 간 동네에는 도서관이 없었다. 새로운 책을 읽어주고 싶은 날에는 한 아이는 손에 잡고, 둘째는 아기 띠를 하고, 한쪽 어깨엔 책이 든 가방을 메고 길을 나섰다. '오늘은 몇 권만 빌려야지.' 하고 간 날은 더 많은 책을 담아 왔다. 내가 읽어주고 싶은 책, 아이들이 고른 책을 합하면 언제나 대출 권수를 초과하였다. 몸은 무거웠지만, 도서관에 다녀온 날엔 집에 책이 가득 찼다. 여기저기 늘어놓은 책들 사이에서 아이들은 책의 재미에 빠졌다. 택시를 타고 다니며 정말 열심히 책을 빌려 읽었다. 사서 선생님들도 나와 아이들의 이름을 알 정도였다.

아파트 입구에 도서관이 생겼다. 조그마한 부지에 텃밭으로 사용되던 땅이었다. 오며 가며 도서관이 지어지는 과정을 보며 앞으로 책을 읽을 공간을 상상했다. 도서관이 완공되던 날 아이들의 손을 잡고 가서 도서관 카드를 바로 만들었다. 걸어서 5분 거리에 도서관이 생기다니! 1층엔 그림책이 꽂혀 있는 공간이었고, 2층엔 초등학생인 큰아이가 읽을 만한 책들이 가득했다. 3층은 어른들을 위한 서가였고 4층은 문화공간과 야외 테라스가 있었다. 우리는 오르락내리락하며 읽을 책을 골랐다. 새 책이라 더 좋았다. 아이들은 뒹굴뒹굴하며 마음껏 책을 읽었다. 4층 문화 강연 실에서 아이들은 인형극도 보고 그림책 작가와 함께하는 그림책 수업도 들었다. 그림책을 좋아하던 큰아이는 새 책을 들고 가서 사인을 받고 작가의 꿈을 가지기도 했다. 우리는 일주일에 두세 번씩 가서 읽던 책을 반납하고 새로운 책을 빌렸다. 처음에는 아이들의 책을 빌리러 갔던 도서관은 점점 나의 아지트가 되었다. 텀블러에 커피를 뽑아 책과 노트북을 들고 도서관으로 향했다.

"도서관에서 만나, 엄마 도서관 2층에 있을 거야!"

우리는 특별한 일이 없으면 도서관에서 만났다. 책가방을 한쪽에 던져 놓고 좋아하는 책을 실컷 읽는 시간을 즐겼던 아이는 도서관 구석구석을 탐험하듯 즐겼다. 아이가 책을 읽을 동안 나도 내가 읽고 싶은 책을 읽고 노트에 필사하기도 했다. 읽고 싶은 책이 대출 중이면 예약을 걸어 놓고 기다렸고 새 책이 나오면 희망 도서를 신청해서 제일 처음 읽었다. 새 책을 사기 전 항상 도서관 검색 창을 열어 책이 있는지 없는지 확인부터 했다. 그리고 다음 날 바로 가서 빌려 읽었다.

우리는 도서관 생활자가 되었다. 도서관 가는 게 일상이 되었다. 매일 들락날락하며 도서관이 주는 기쁨을 누렸다. 그곳에서 나는 도서관 1호 독서 모임을 시작했다. 얼떨결에 제일 나이가 많다는 이유로 독서 모임을 이끄는 리더가 됐다. 책을 좋아하기는 했어도 독서 모임은 처음이었다. 독서 동아리 방에서 우리는 매주 같은 요일, 같은 시간에 만나 책을 읽고 이야기를 나누었다. 단순히 책을 읽는 공간에서 나아가 서로의 마음을 알아가며 생각을 공유하는 소중한 시간이었다.

도서관은 나에게 단순히 책을 읽는 공간 그 이상의 경험을 주었다. 혼자 조용히 책을 읽으며 나의 미래를 그려보기도 했던 시간, 지금보다 더 나아지려는 마음으로 실컷 책에 몰입했던 순간들, 마음이 힘들거나 두려울 때마다 찾았던 곳에서 나는 다시 무엇이든 할 수 있을 것 같은 용기를 얻었다. 가끔은 책을 펴놓고 멍 때리며 창밖을 바라보거나 꾸벅 졸던 시간도 있었지만, 책을 고르며 서가를 서성거리는 시간만으로도 좋았던 도서관에서의 추억. 앞으로도 나는 도서관 생활자로 살 것이다. 그곳에서 나는 더 나은 사람이 되므로.

혼자만의 시간이 필요해

침대 위에 한 여자가 앉아 있다. 앞에 있는 커다란 창으로 들어오는 아침 햇살을 온몸으로 받으며. 금발 머리를 뒤로 빗어 넘기고 민소매에 치마를 입은 그녀는 창밖의 먼 곳을 응시하고 있다. 언뜻 보이는 건물로 봐서는 도시에서 맞는 아침이리라. 손을 다리 위에 올리고 허리를 꼿꼿하게 세우고 앉아 있는 그녀는 무슨 생각을 하고 있을까. 일하러 가기 직전 하루를 시작하며 고요히 있는 순간일 수도 있고 어젯밤 있었던 안 좋은 일을 떠올리며 그대로 자리에 눕고 싶은 마음일 수도 있다. 현대인의 고독을 그림으로 표현한 미국의 화가 에드워드 호퍼의 〈아침의 태양〉 속 여자의 모습을 보고 혼자 있는 내 모습을 떠올렸다.

일어나자마자 바쁜 하루가 시작되는 엄마의 아침. 아이들이 일어나기 전 잠깐이라도 내 시간을 갖는 걸 소망한 적이 있다. 잠이 들면서 내일은 꼭 혼자 일찍 일어나 책을 읽어야지, 글을 써야지. 다짐하곤 했지만, 번번이 알람 소리를 듣고도 무거운 몸을 일으키지 못했다. 일단 몸을 일으키고 나면 책상 앞에 앉는 건 쉬운데 눈이 떠지지를 않았다. 허리를 세우고 앉아 있기만 해도 홀로 맞이하는 새벽 시간은 남다르다. 해가 완전히 뜨기 직전 날이 점점 밝아올 때 먼 산을 보며 책을 펴는 순간 마음이 풍요로워진다. 아무도 방해하지 않는 시간을 보내는 것. 그것은 이른 아침이나 한밤중에 더 특별해진다. 아침은 무엇이든 다시 시작할 가능성의 시간이다. 어제 있었던 일들도 과거가 되고 다시 현재가 시작되는 시간. 묵은 감정도 떠나보내고 다시 힘을 얻는 시간. 호퍼의 그림엔 홀로 있는 사람들의 모습이 많다. 현대인들의 고독과 외로움을 표현한 그림이라고 한다. 고독은 스스로 자처한 혼자 있음이다. 외롭지 않다. 외로움이 인간관계에서 오는 소외된 감정이라면 고독은 다르다. 안과 밖의 관계를 스스로 조율하며 혼자되는 시간을 즐기는 것이다. 완벽하게 홀로 있는 시간. 엄마로서는 힘든 일이지만 언제나 꿈꾼다. 혼자 일어나 창으로 들어오는 아침 햇살을 온몸으로 받는 순간을.

가족 모두가 잠든 늦은 밤, 나는 책상 위 스탠드를 켠다. 낮에 읽다 만

책도 다시 펴고 다이어리에 내일 할 일도 적어본다. 아무에게도 방해받고 싶지 않은 시간이다. 온종일 분주했던 일상에서 돌아와 나에게 집중하는 시간이다. 저녁에 끓여두었던 따뜻한 보리차를 마시며 혼자 멍을 때리기도 하는 시간. 완전한 휴식 시간이다. 가끔 늦게 자는 딸이 와서 말을 걸기도 하지만. 정신없던 엄마와 아내의 자리에서 내가 되는 시간이다. 이런 시간이 하루 중 몇 시간이나 될까? 나는 그런 시간을 만들려고 의식적으로 노력한다. 남편과 아이들이 모두 나간 아침 2~3시간, 모두 잠든 밤 2시간. 때로는 새벽에 일어나 고요한 시간을 만들기도 한다. 혼자 있는 시간은 어쩌다가 남는 시간이 아니다. 내가 계획하고 만들어가는 시간이다.

오늘따라 아들이 잠을 자지 않는다. 목욕시키고 책도 읽어주고 이제 졸릴 만도 한데. 침대에 누워서도 계속 질문하는 아들의 말에 대꾸해주니 시간이 점점 흘러간다. "이제 그만 자야지." 하며 토닥거려도 아들은 잘 생각이 없다. 30분이 지나니 슬슬 화가 나기 시작한다. 내 시간이 없어지는 기분이 든다. 목소리는 점점 날카로워지고 분위기가 싸해진다.

"왜 안 자. 내일 학교 안 가?" 소리를 버럭 지르니 훌쩍거리기 시작한다. 오늘은 화 안 내려고 결심했는데 또 와르르 무너진다. 마음이 안 좋다. 엄마한테 혼나고 잠이 올까. 조금만 더 기다려줄걸. 다시 들어가 아들 얼굴을 한번 쓰다듬는다.

 엄마 노릇이 힘들다. 하루에도 열두 번 오르락내리락하는 마음도 다스려야 하고 아이들의 마음도 살펴야 한다. 내 마음이 힘들거나 우울하면 아이들도 눈치를 본다. 혼자 있는 시간은 나의 모나고 울퉁불퉁한 마음을 들여다볼 수 있는 시간이다. 왜 마음이 힘든지, 스트레스 받는 일이 뭐 때문인지, 홀로 생각하며 마음을 정리하는 시간이다. 눈물을 쏟기도 하고 미래를 계획하며 용기가 불끈 생기는 시간이기도 하다. 아이들이 더 어렸을 때 내 하루는 아이들의 일정에 이끌려 다녔다. 아이들이 일어날 때 겨우 일어났고 잠들 때 같이 잤다. 온종일 집안일과 아이들을 돌보며 내 시간을 따로 계획한다는 것이 힘들었다. 어쩌다 남편이 일찍 들어오거나 주말에 혼자 집 앞을 잠깐 산책하는 것이 다였다. 아이들이 크면서 나만의 시간을 따로 떼어 보내야겠다고 결심했다. 마음도 약하고 결심도 자꾸만 흩어지는 내가 꾸준히 할 수 있는 것은 시간을 계획하는 것이었다.

 가족들은 내가 혼자 매일 뭘 꼼지락거리며 하는지 궁금해한다. 뭔가 돈을 버는 것도 아니고, 살림에 보탬이 되는 일도 아니다. 그저 매일 비슷한 시간에 책상에 앉아 책을 읽거나 가계부를 적거나 다이어리에 메모

하거나 하는 일들이다. 무언가 크게 되고 싶은 사람이나 거창한 꿈이 있어서도 아니다. 속상하고 힘든 마음을 일기장에 쓰며 화를 쏟아내기도 하고 어느 날은 불경을 읽고 기도하며 다시 마음을 가다듬기도 한다. 읽고 싶은 책을 검색해서 장바구니에 넣어두고 쓰고 싶은 글이 생각나면 노트북을 열어 블로그에 일상을 기록하기도 한다.

꼭 집에서 혼자만의 시간을 보내는 것은 아니다. 카페에 가서 글쓰기, 식당에 들어가 밥 먹기, 산책하기, 서점에 가서 책 고르기 등. 혼자 무언가 할 수 있는 시간을 즐긴다. 이제는 혼자만의 시간도 계획한다. 잡다한 일들 여러 개를 하는 것 대신에 꼭 해야만 하는 일에 집중하는 것이다. 이 시간이 아니면 좀처럼 하기 힘든 일. 가족들을 위한 일이 아니라 꼭 나를 위해서 해야 하는 일들. 이를테면 '오늘은 꼭 이 책을 꼭 다 읽고 말겠어.', '오늘은 블로그에 책 서평을 하나 써야지.', '영어책을 읽으며 좋은 문장을 필사할 거야.', '30분을 걷고 맛있는 커피를 한잔 마셔야지.' 같은 일들.

마음을 풍요롭게 하는 일을 통해 성장한다고 믿는다. 소소하지만 나에게 행복을 가져다주는 일은 하루를 살아갈 힘이 된다. '하고 싶은 일'과 '해야 하는 일'의 균형을 잘 맞춰 사는 일이 가장 어렵지만 나는 혼자만의 시간으로 그 둘을 조율하며 잘 살고 있다. 비록 해야 하는 일이 언제나 훨씬 더 많지만, 그 사이사이 틈을 만들어 내가 하고 싶은 일을 할 때 행복하다.

프리웨이를 타다가 알게 된 것들

미국에서 프리웨이를 탄다는 것은 나 같은 초보 운전자에겐 너무나 힘든 일이다. 한국에서도 주로 동네에서만 살살 다녔기 때문에 빠른 속도로 주행해야 하는 고속도로는 겁이 많이 났었다. 캘리포니아에 가자마자 면허를 땄지만, 바로 운전하는 게 힘들었다. 익숙하지 않은 동네와 낯선 분위기 때문에, 또 혹시나 길을 잘못 들어 고속도로로 진입하지는 않을까 걱정이 되었기 때문이다. 미국 프리웨이는 정말 복잡하다. 거미줄처럼 4~5개의 프리웨이가 서로 교차하고 있어 까딱하다 잘못 들어서면 금방 방향을 잃게 된다. 게다가 정말 차들이 쌩쌩 달린다. 먼 거리를 갈 때는 남편이 운전하지만, 옆에 앉아 있는 나도 긴장하게 될 정도로 험하게 운전하는 사람들이 많다. LA에 갈 때 복잡하게 얽힌 도로와 거리의 노숙자들. 한국과는 비교도 안 될 정도로 빠른 속도로 지나가는 차들을 보고 놀란 적이 있다. 낯선 곳이 주는 두려움까지 더해져 그럴 때마다 나는 속으로 '프리웨이는 평생 못 타겠어.'라고 외쳤다.

미국에 간 지 얼마 안 되었을 때가 생각났다. 집 근처 마트에 가려고 나왔는데 이상한 길이 나왔다. 프리웨이를 타 버린 것이다. 캘리포니아 운전면허 딴지 얼마 안 되었을 때라 방향 감각도 없었다. 오로지 내비게이션에만 의지했다. "뭐? 샌디에이고로 가는 길이라고? 당신 내비 잘 검색한 거야?" 분명히 집 앞 마트를 검색했는데. 다른 동네에 있는 같은 이름의 마트로 설정한 것이다. 속으로 엄청 덜덜 떨었지만 나도 지지 않고 말했다. "아니, 운전하는 사람이 집 앞 마트도 제대로 못 가?" 퇴근 시간이라 차들은 많았고 엄청난 속도로 달리는 차들 때문에 머리가 아찔했다. 갑자기 핸드폰에 연결된 구글맵이 작동을 멈춰 정말 머리가 더 하얘졌다. 뒷좌석에 탄 아이들도 불안해했다. 결국 신경이 곤두선 남편과 나는 프리웨이 길을 달리며 대판 싸웠고 우리의 첫 프리웨이의 추억은 분노와 공포의 기억밖에 없다. 다행히 우회도로가 있어 계속 샌디에이고로 가지는 않았지만.

아들 캠프를 하는 곳이 집에서 10분 거리였다. 처음 가는 길이라 미리 구글맵에서 가는 길을 여러 번 확인했다. 일반 도로로 가면 15분, 고속도로를 타면 10분 거리다. 아들 친구까지 함께 태우고 가야 해서 더 조심스러웠다. 나는 조금 멀리 돌아가도 프리웨이가 아닌 안전한 길로 가기로 했다. 생각보다 더 멀게 느껴졌지만, 무사히 도착하고 아이들을 들여보냈다. 그리고 다시 출발하기 전 구글맵을 켰다.

'혼자 가는 길이니, 이번엔 프리웨이를 타볼까?'

나는 구글맵에서 고속도로로 가는 길로 다시 설정했다. 길도 어렵지 않고 10분이면 집에 도착한다니 왠지 자신감이 생겼다. 내비게이션의 음성에 귀를 기울이며 천천히 출발했다. 뒤에 바짝 따라오는 차가 신경이 쓰여 나도 모르게 속도를 좀 올렸더니 오른쪽 커브 길을 돌 때 차가 휘청거렸다. 예상대로 차들이 엄청난 속도로 쌩쌩 달렸다. 나도 모르게 운전대를 꽉 잡았다. 옆에서 끼어드는 차들이 신경이 쓰였다. 차선을 바꾸려고 해도 자신이 없었다. 뒤에서 따라오는 차들은 나보고 더 빨리 달리라고 하는 것만 같았다. 내비게이션은 1.5마일 후 오른쪽 101번 도로로 진입하라고 알려줬고 조금 더 직진하다가 오른쪽으로 빠지는 길이 나왔기에 바로 우회전을 했다. 앗, 잘못된 길이었다.

마음은 콩닥거리고 두 손은 운전대를 꽉 움켜쥐고 의자에 기댔던 등을 꼿꼿이 세웠다.

'정신만 잘 차리면 돼. 빠져나가는 길이 있겠지.' 꼬불꼬불한 길 위를 달리며 내비게이션은 다시 집으로 가는 경로를 가르쳐 주었다. 잘못된 길로 들어섰지만 어쨌든 다시 집으로 가는 길이었다. 조금 더 돌아갈 뿐이었다. 한숨을 내쉬었다. 다행이라는 안도감, 이제 조금만 있으면 집에 도착할 거라는 생각에 긴장이 풀렸다. 그제야 앞에 있는 표지판의 이름이, 옆에서 달리고 있는 차들이 보이기 시작했다. 가슴이 후련해졌다. 나는 다른 차들과 비슷한 속도로 프리웨이를 달리고 있었다.

'나도 이제 프리웨이 탈 수 있는 여자야!'

누군가는 미국 와서 처음 프리웨이를 탈 때 죽을 각오를 하고 운전했다는데, 나는 생각보다는 담담하고 별생각 없이 그냥 운전했다. 짧게 프리웨이를 타면서 자신감도 얻었다. 침착하고 안전하게 운전하면 어디든지 갈 수 있겠다는 마음이 생겼다. 잘못된 길로 들어섰을 때 다시 빠져나오는 길이 있다는 것도 알게 되었다. 매번 고속도로를 타지 않고 먼 거리로 돌아가는 나에게 오늘은 내 운전 경력에 도전장을 내미는 날이었다. 물론 그동안 운전하면서 사고 없이 안전하게 다닌 것만으로도 감사한 일이지만 이제는 용기를 내 프리웨이로도 달리고 싶다. 낯설고 두려운 길이라도 '할 수 있어.'라는 마음으로.

프리웨이를 타기로 마음먹었으면 일단 그 길을 선택해야 하고 구글맵에 고속도로 경로를 추가해야만 한다. 일단 프리웨이에 올라섰으면 망설이지 말아야 한다. 적당한 속도를 유지하며 목적지까지는 앞으로 나아가야 한다. 옆에 있는 차가 내 차를 추월해 쌩 달려도 내 페이스는 흔들리면 안 된다. 그럴수록 더 침착하게 운전대를 잡고 나의 길을 응시해야 한다. 프리웨이를 탄 것을 후회하는 순간도 있겠지만 너무 자주 멈칫하면 안 된다. 길을 잘못 들어서도 포기하지 말아야 한다. 멈춰 있지만 않으면 다시 새로운 경로로 설정이 되니까. 내가 정한 목적지로 향하는 길은 여러 가지이다. 가장 빠르게 목적지에 도착하면 제일 좋겠지만 조금 돌아간다고 포기하거나 실망하지 않아야 한다. 인생의 방향은 예측할 수가 없지만 내가 마음먹은 곳을 향해 일단 들어가 보는 것이 중요하다. 주저하지 않고 앞으로 나아가는 사람은 결국 내가 바라는 곳에 도착할 테니까 말이다.

아직은 프리웨이 타고 갈 수 있는 곳이 마트일지라도 다음은 더 먼 곳을 꿈꾼다. 아마도 그랜드캐니언이나 옐로스톤이 아닐까.

딸과 함께 북클럽, 함께 책 읽는 시간

내가 어렸을 때 엄마는 방문 판매원 아줌마의 말에 넘어가 50권짜리 세계 문학 전집을 지르셨다. 계몽사에서 나온 소년 소녀 세계 문학 전집이었다. 그 당시에도 꽤 비싼 값이었다. 아빠 몰래 산 책은 내 방 한쪽 커다란 책장에 꽂혀 당당한 위엄을 뽐냈다. 엄마는 책 읽는 딸들의 모습을 상상하며 우리가 많이 읽고 공부 잘하기를 바라셨을 것이다. 책장 앞에서 나는 동생과 함께 어떤 책을 읽을지 꽤 많은 시간을 들여 고민했다.

'이 많은 책을 언제 다 읽지?' 나는 속으로 걱정 반, 기대 반으로 책장 앞을 어슬렁거렸다. 내가 읽기에는 너무 두꺼운 책들이 대부분이었지만 이 책 저 책을 뽑아가며 책을 보고 읽을 책을 골랐다.

방에 빼곡히 꽂혀 있던 책을 보고 아빠는 비싼 값에 샀다며 엄마에게 뭐라 하셨지만 한 권씩 읽어보라며 직접 책을 골라 주셨다. 『보물섬』은 아빠가 추천해주신 첫 책이었다. 몇 장을 읽는 둥 마는 둥 하고 또 새로운 책을 뒤적였다. 매번 어떤 책을 읽을까 들었다 놨다 했지만 그렇다고 책에 푹 빠져 읽는 아이는 아니었다. 몇십 권짜리 전집 중에서 내가 끝까지 읽은 책은 몇 권 되지 않았다. 그래도 엄마는 '책 읽어라.' 잔소리 한 번 안 하셨다. 나 같으면 매일 "왜 안 읽어?" 닦달했을 텐데.

아이들을 기르며 내가 제일 중요하게 생각했던 것은 '책 읽기'였다. 좋은 이야기들을 많이 쌓아가는 어른으로 성장하기를 바랐다. 나는 한 권이라도 좋은 책을 읽히고 싶어서 재밌는 그림책, 동화책을 매일 검색했다. 다행히 딸은 책을 좋아해서 내가 추천해준 책들을 열심히 읽었다. 마음에 드는 작가가 생기면 작가의 다른 책도 찾아서 빌려다 주었다. 학년이 올라가고 글밥이 길어지자 한 권이라도 잘 읽히고 싶었다. 책 표지부터 작가에 대해, 또 책에 나오는 배경지식까지 꼼꼼하게 알고 읽는 책이 마음에 더 오래 남을 듯했다. 친한 친구 두 명과 함께 우리 집에서 독서 모임을 시작했다. 예전에 독서 논술을 공부하고 가르쳤던 경험을 살려 내가 스스로 책을 정하고 활동지 만들어 아이들에게 책의 재미를 알려주려고 노력했다. 독서 모임에서 읽을 책을 고르는 것과 책을 꼼꼼하게 읽고 활동지 만드는 것은 시간도 오래 걸리고 어려웠지만 즐거웠다. 어떻게 하면 아이들이 책에서 좋은 메시지를 얻을 수 있을까 고민하며 시간을 보냈다.

동화책 『화요일의 두꺼비』를 읽을 때는 수업 중에 우리만의 티타임을 계획했다. 고모 집에 케이크를 가져다 주려고 추운 겨울날 길을 나선 두꺼비. 가는 길에 올빼미에게 잡혀 잡아먹힐 날만 기다리지만 차를 마시는 시간을 통해 서로를 이해하고 가까워진다. 그리고 결국엔 둘은 우정을 나누는 좋은 친구가 된다. 이 책에서 둘의 사이를 바꿔 준 것은 '함께 차를 마시는 시간'이었다. 나는 그 부분이 너무 좋아 북클럽에서 우리만의 티타임을 가졌다. 예쁘게 테이블을 꾸미고 집에 있는 제일 멋진 찻잔 세트를 꺼냈다. 인터넷에서 주문한 모감주나무 열매 차를 끓이고 쿠키와 함께 아이들에게 대접했다. 수업 중에 몸을 비비꼬던 아이들도 그 시간만큼은 이야기에 푹 빠졌다. 아이들과 함께 책을 읽을 때는 서로의 이야기를 듣고 내 생각을 말하며 책에서 마음에 드는 한 문장을 찾는 경험이 생기기 바랐다. 도서관에 함께 가서 아이들이 좋아할 만한 책을 추천해 주고 재밌게 읽었다는 말을 들을 때 행복했다. 책을 좋아한 딸은 엄마가 하는 북클럽을 다행히 좋아했고 2년이 넘는 시간을 함께했다. 딸은 그때 읽었던 동화책을 가끔 이야기한다. 아마도 좋은 친구들과 함께했기에 더 기억이 남는 것 같다. 어떤 날은 식물에 관한 책을 읽고 책과 스케치북을 챙겨 산에 갔다. 식물들을 직접 관찰하고 그려보는 수업을 계획했다. 간식과 돗자리를 챙겨 가니 소풍을 온 듯이 좋아했다. 『모네의 정원에서』라는 책을 읽고는 미술관에서 하는 '모네전'에 가서 직접 미술작품을 감상하고 감상평을 적어보기도 했다. 또 예술의 전당에서 하는 '무민 전시회'에 가서 그림을 보고 무민 그림책을 읽으며 나만의 이야기를 상상하여 책을 만들어 보는 시간도 가졌다. 책을 읽고 내 삶에 적용해 직접 느끼고 생각하게 하는 게 책을 많이 읽는 것보다 더 중요하다고 생각한다. 독서 공책을 만들어 인상 깊은 문장을 쓰며 나만의 문장 노트를 만들어 나가는 것. 한 권, 한 권 이렇게 아이들의 마음에 남는 책들이 많아지면 얼마나 좋을까. 나는 아직도 아이들에게 이런 책 읽기 시간이 필요하다고 생각한다. 한 권을 제대로 읽고 생각하고 표현하는 것, 정해진 커리큘럼이나 필독 도서에 얽매이지 않고 내 마음에 드는 한 권을 찾아 나가는 것. 그것이 진정한 책 읽기 교육이 아닐까 한다. 엄마와 딸이 다정하게 서점에 가서 마음에 드는 책을 한 권씩 사고 따뜻한 차 한잔을 두고 서로의 책을 읽는 시간. 내가 더 나이 들어서도 바라는 풍경이다.

요즘 우리는 가끔 서로의 책을 들고 카페에 간다. 중학생이 된 딸은 지금 자기만의 책 취향이 있다. 예전에는 엄마가 골라 준 책을 재밌게 읽었다면 지금은 서점에 가든, 도서관에 가든 자기가 읽고 싶은 책을 골라 읽는다. 나는 그런 딸의 안목을 존중한다. 내가 읽히고 싶은 책은 언제나 많으나 이렇게 자기만의 책 세계가 있다는 것만으로도 대견하다. 딸은 딸의 책을 읽고 나는 나의 책을 읽는 것, 같은 공간에서 서로의 책을 읽는 시간이 참 소중하다. 방문을 쾅 닫아버리고 말을 하지 않는 냉전의 시간이 있기는 하지만 우리는 다시 책으로 친해진다. 가끔 좋은 책을 슬며시 책상 위에 올려놓고 '언제 읽나!' 속으로만 애태우는 날도 분명히 있지만. 딸이 어른이 되면 엄마에게 좋은 책을 추천해주며 같이 읽자고 할 날이 오겠지.

그나저나 몇 년 전 딸을 위해 홈쇼핑에서 지른 네버랜드 클래식 문학 전집! 몇 년 묵혔더니 먼지만 뽀얗다. 딸 방에 있던 전집을 아들 방으로 옮겼다. 아들 책상 위에 살짝 『보물섬』을 올려놨다.

"아들, 엄마가 읽어줄까?"
"……."

아들도 안 읽는다면 그때는…

나 만 의   방 이   있 나 요 ?

남편과 딸이 함께 외출했던 어느 주말, 거실에 있는 책장의 책들을 다 꺼냈다. 처음은 작은 책장 하나였지만 책을 빼고 넣고 했더니 다른 방에 있는 책장도 신경이 쓰였다. '이왕 하는 김에 다 해버리자.' 책을 다 꺼내 보니 엄청났다. 아이들 아가 때부터 본 그림책, 물려받은 전집, 월간지, 문제집, 내 책들. 더는 보지 않는 책들은 알라딘에 중고책으로 팔고, 버리기 아까운 책들은 한쪽에 분류해서 꽂아 두었다. 손목이 시큰거리고, 다리는 후들거렸다.

'아. 괜히 시작했나.'

후회했으나 이미 일이 너무 커져 버렸다. 내 책들만 따로 골라두고 이참에 내 전용 책장을 만들기로 했다. 책장이 생긴다고 생각하니 내 공간에 대한 로망이 스멀스멀 올라왔다.

'그래, 내 책장이랑 내 책상도 두고 내 공간을 만들자.'

갑자기 무슨 힘이 솟았는지 거실에 있던 제일 크고 튼튼한 책장을 혼자 낑낑대고 옮겼다. 아이들 방 사이 작은 공간이 제격일 것 같았다. 비록 화장실 바로 앞이긴 했지만.

내친김에 책장 앞에 책상이 있으면 좋겠다 싶어 아들 방 한구석에 있던 작은 책상을 꺼내 반들반들하게 닦았다.

그때까지는 부엌 식탁 위가 내 공간이었다. 가족들이 다 나가고 간 아침, 식탁 위를 정리하고 내 살림을 가져다 놓았다. 책 몇 권과 노트북, 볼펜과 노트 그리고 커피 한 잔까지. 딸 책상보다는 꽤 넓어서 이리저리 책을 펴놓고 잔뜩 어질러도 괜찮았다. 가족들이 들어올 시간이면 다시 깨끗하게 비워둬야 했지만. 거실 한쪽에라도 내 공간을 만들 수도 있었을 텐데, 맨날 생각만 했다.

책상까지 가져다 놓으니 그럴듯한 서재가 완성되었다. 한쪽 벽에는 예전에 사 두었던 꽃 그림 액자를 걸어 두고, 책장 옆에는 작은 화분을 옮겨다 놓았다. 안 쓰던 식탁 의자를 가져다 두고 푹신하게 예쁜 러그도 깔아놓았다. 인터넷을 검색해 마음에 드는 조명도 주문했다. 내 공간의 완성이었다.

"여기는 이제 엄마 방이야. 엄마가 여기 앉아 있을 때는 방해하지 마!"

내 공간이라는 걸 아이들에게 말하니 책상에 앉아 보기도 하고 책장에 무슨 책이 꽂혀 있나 보기도 했다. 아들은 내 책상 앞에 자기 의자를 끌고 와서 앉았다.

"도토리 책상이네!"

책상이 작고 앙증맞아서 그랬는지 아이들은 내 책상을 도토리 책상이라고 불렀다.

우리는 서로를 마주 보며 책을 읽었다. 그 모습이 웃기기도 했지만 어쨌든 내 공간이라고 생각하니 뿌듯했다. 책장 한 칸이었지만 아이들의 책이 아니라 내 책들만 꽂혀 있어서 더 좋았다. 책상에 앉아 오른쪽에 있는 넓은 창으로 밖을 보면 계절에 따라 변하는 숲이 보였다. 새벽에 일어나 앉아 있으면 깜깜한 하늘에 동이 트며 붉은빛이 번지는 광경을 감상했고, 아이들을 재우고 나와 있으면 어둡고 적막한 산속에 혼자 있는 것 같았다. 작은 스탠드를 켜 놓고 혼자 고요함을 즐기는 시간. 내 공간에서 느낄 수 있는 작은 행복이었다. 낮에는 들락날락하는 아이들이 언제나 내가 뭘 하고 있는지 수시로 보고 말을 걸었다. 엄마 책상이라는 것은 알지만 그럴수록 나와 더 함께 있고 싶어 하는 아이들의 마음. 모두가 잠들어 있는 새벽이나 밤늦은 시간만이 '진정한 나만의 방'을 누릴 수 있었다. 그래도 나는 그 책상에 앉아 있는 걸 좋아했다. 일과를 마치고 부엌을 다 정리해 놓으면 따뜻한 차 한 잔을 가지고 내 책상으로 달려갔다. 온종일 왔다 갔다 하며 잠깐씩 앉아 있던 내 자리는 저녁 늦은 시간이 되어서야 온전한 내 방이 되었다. 내 공간을 가진다는 것은 나 스스로 주체적인 삶을 살겠다는 의지의 표현이다. 내 삶을 계획하고 앞으로 잘 살아야겠다는 다짐, 나만의 방에서는 얼마든지 새로운 꿈을 꾸어도 좋다.

버지니아 울프는 『자기만의 방』에서 여성이 글을 쓰기 위해서는 '연간 500파운드의 돈과 자기만의 방'이 있어야 한다고 했다. 버지니아 울프가 살았던 시대에는 여성들이 글을 쓰거나 돈을 벌기가 더 힘들었다. 가부장적인 사회에서 경제권은 남성들만 가지고 있었고 여성들은 가사에만 전념하며 '자기 생각'을 갖는 시간과 공간이 부족했다. 자유롭게 여행하며, 책을 읽고, 성찰하며, 공상에 잠기고, 깊이 사색하기 위해 충분한 돈과 공간을 소유하라고 울프는 말한다. 누구에게도 방해받지 않고 자기가 쓰고 싶은 글을 쓰기 위해서는 꼭 경제력을 갖추고 홀로 사유할 수 있는 공간을 마련해야 한다는 것이다. 내가 하고 싶은 공부를 하고, 읽고 싶은 책을 실컷 살 수 있는 돈과 나만의 방! 나는 나만의 돈과 공간을 꿈꾼다. 내 공간이라 이름 붙인 곳에서 나는 당당한 내가 될 준비를 한다. 내 목표를 향해 매일 조금씩 앞으로 나아가는 발걸음이 차곡차곡 쌓여 나가는 곳, 그곳은 내 조그마한 세계이다. 책에 둘러싸여 있는 방, 널찍한 책상에 앉아 있는 나를 상상한다. 햇볕이 잘 드는 넓은 창과 창밖엔 사계절을 느낄 수 있는 이파리가 무성한 나무 한 그루도 있으면 좋겠다. 핀터레스트 앱에 들어가 내가 좋아하는 공간의 이미지를 검색한다. 내 작업실이 생긴다면 이렇게 꾸밀 거야 상상하면서. 자주 보고 상상하고 원하면 이루어지지 않을까. 네이버부동산에 들어가 가끔 검색한다. 집 근처 어디 월세 싼 데가 없을까. 책상 하나, 책장 하나만 들어가도 좋을 텐데. 보증금과 월세를 보면 입이 딱 벌어진다.

'이 돈이면⋯.'

어떤 글을 쓸까, 어떤 책을 읽을까 혼자 있을 때 나는 이런저런 생각을 많이 한다. 마음에 드는 문장을 골라 형광펜으로 그어두고 짧은 메모도 한다. 아무에게도 방해받지 않고 혼자 있을 수 있는 시간, 그리고 공간. 혼자 멍때리고 가만히 앉아 있기도 하고, 속상한 마음에 눈물도 흘리고, 지난 시간 생각하며 후회도 하고, 앞으로 내 모습을 상상하며 흐뭇해하기도 한다. 혼자 있는 공간이 필요한 이유다.

기 다 림 의   시 간

비가 계속 내린다. 아침인데도 하늘이 어둡고 무겁다. 아이들도 금방 일어나지 못하고 침대에서 뒹굴뒹굴한다. 날씨도 쌀쌀해서 두꺼운 스웨터를 입고 긴 양말을 꺼내 신었다. 아들은 오늘도 비가 또 오냐며 묻더니 바로 표정이 밝아진다.

"오예! 그러면 오늘 밖에서 체육을 안 하겠네. 교실에서 영화도 보고!"

아들은 해가 나면 해가 나는 대로 비가 오면 비가 오는 대로 즐기는 녀석이다. 참 부럽다. 그렇게 날씨에 쉬이 적응하다니. 우산을 쓰고 걸어가는 등굣길, 바람도 불어 빗물이 우산 안으로 들어와 신발과 옷이 축축하게 젖었다. 평소에는 여유 있게 걸어가는 길인데 발걸음을 재촉했다. 잔디밭을 내디딜 때도 질척거리고 발이 푹푹 빠진다. 누렇게 변한 나뭇잎이 길 위에 떨어져 여기저기 흩어져 있다. 캘리포니아는 비가 잘 내리지 않는다. 비가 와도 한번 쏴 내리고 금방 그친다. 한 번 내리다 말겠지 했는데 일주일을 내리 내렸다. 우산을 찾아보니 제대로 된 우산도 하나 없었다. 쨍한 하늘을 볼 수 없으니 마음도 찌뿌둥하다. 기분도 우울하다. 한국처럼 뜨끈한 난방이 안 되는 미국 집은 겨울에 엄청 춥다. 히터를 돌리고 난방 매트를 깔아도 한기가 느껴져 썰렁하다. 해가 쨍하고 날 때는 몰랐는데. 캘리포니아 겨울이 이렇게 추운 줄 몰랐다.

"아니 무슨 비가 이렇게 계속 내려?"

사람들은 만나면 날씨 이야기부터 꺼낸다. 햇볕에 바싹 마른 흙을 사그락거리며 밟으며 걷는 산책길이 최곤데. 햇볕은 쨍하지만 바람은 선선한 이곳 날씨는 걷거나 달리기에 좋다. 혼자서 트레일 코스를 걷는 날이 그리워졌다. 찜질팩을 전자레인지에 돌려 뜨끈뜨끈한 채로 어깨에 얹는다. 며칠 운동을 안 했더니 다리도 퉁퉁 붓고 어깨도 뻐근하다.

비가 잦아들었기에 삼단 우산 하나 챙겨서 밖으로 나갔다. 군데군데 물웅덩이가 져서 차가 지나갈 때마다 이리저리 빗물이 튀었다. 동네에 있는 잔디와 나무는 평소에 스프링쿨러에서 시간에 맞춰 나오는 물을 빨아들인다. 비가 오지 않는 기간이 길어 땅이 말라도 매일 같은 시간에 물을 흡수해 살아 나간다. 나무 입장에서는 규칙적으로 물을 먹고 햇볕을 쬐고 바람 쐬니 무럭무럭 잘 자랄 수밖에 없다. 그래도 흠뻑 물로 샤워하고 싶은 날도 있을 텐데, 부족하지는 않을까 혼자 생각한다. 그런 의미에서 이번에 내린 비는 나무에는 커다란 선물이었으리라. 땅 깊숙한 곳에 있는 뿌리까지 촉촉해진 상태, 식물과 더불어 살아가는 흙 속의 생명체들에게도 갈증을 풀어주는 단비였을 것이다. 생각해보니 왠지 나무 잎사귀들이 더 울창해진 것도 같고 매일 밟고 지나가는 잔디도 탱탱한 힘이 생긴 것 같다. 질척한 땅으로만 보이던 것이 꿈틀거리는 생명을 얻었다. 동네를 걷다 보니 레몬이 주렁주렁 달린 나무를 자주 본다. 하나 똑 따서 한입 베어 먹고 싶을 만큼 탐스럽다.

아이를 데리러 나가는 길. 동네 엄마를 만났다. 황무지 같던 산이 파래진 걸 봤냐고 한다. 매일 자동차를 타고 지나가는 길, 이어지는 산들은 한국의 산과 너무 달랐다. 울창한 푸른 나무로 뒤덮인 산이 아니라 누런 흙이 보이는 벌거숭이 산이다. 꽃나무도 있고 이름 모를 풀꽃도 많은 정겨운 산이 아니다. 건조한 날에는 산에 있는 흙덩이들이 바람을 타고 하늘을 뒤덮는 것처럼 흙투성이인 산. 그런 산이 정말 푸르러졌다. 넓은 평야에 씨를 뿌리고 발아하여 초록 새싹이 나듯이. 마치 반질반질한 초록 융단을 깔아놓은 듯이 산 전체가 초록빛이었다.

"겨울에 이렇게 비가 많이 오면 봄에는 꽃들이 엄청나게 핀다네. 슈퍼 블룸(super bloom)이 온대. 이번 봄엔."

슈퍼 블룸은 건조한 지역에 일시적으로 들꽃이 많이 피는 현상을 말한다. 씨앗들이 10년, 15년, 20년 이상 메마른 땅에서 싹을 틔우지 못하다가 한꺼번에 내린 많은 비로 순식간에 싹을 틔우고, 꽃을 피워 사막을 뒤덮는 것이 슈퍼 블룸이다. 땅속에서 충분한 물을 흡수하지 못하고 있던 씨앗들은 얼마나 물이 절실했을까. 씨앗이 흠뻑 젖을 만큼 물을 머금고 하나의 싹을 틔우기까지 얼마나 오래 기다린 걸까. 건조한 캘리포니아 땅 여기저기에서 들꽃이 화사하게 만개하는 봄은 생각만 해도 기분 좋다. 다양한 색깔과 향을 가진 꽃들을 감상할 수 있는 봄이 기다려진다. scented violet이라는 집 앞의 길 이름처럼 보라와 주황, 노란 들꽃들로 가득한 산책길을 상상한다. 그 길을 지날 때마다 향기가 은은하게 퍼져 나가겠지. 봄이 되면 동네 근처에 있는 산에도 오렌지 빛의 양귀비꽃이 만개한다고 한다. 겨울에 비가 많이 내려야 볼 수 있는 꽃구경이다. 그 꽃들을 보려고 사람들은 이른 새벽부터 모여든다고 한다. 몇 년에 한 번 있을까 말까 한 슈퍼 블룸을 이번 봄에는 눈으로 꼭 감상하고 싶어졌다.

오늘도 비가 계속 내린다. 비 오는 소리를 들으며 곧 있으면 피어날 꽃들의 안녕을 묻는다. 기다림의 시간을 보내고 있을 씨앗들에게 조금만 더 힘을 내라고 응원의 마음을 보내며 나를 돌아본다. 나도 지금 땅속에서 기다림의 시간을 보내는 것일까. 화사하게 피어나는 슈퍼 블룸을 만나는 때가 언제일까. 남과 비교하는 조급한 마음을 버리고 나만의 속도대로 꾸준히 할 때 싹을 틔우고 꽃을 피우겠지. 땅 위에 떨어진 수백만 개의 씨앗 중에 실제로 싹을 틔우는 것은 얼마 되지 않는다고 한다. 싹을 틔울 수 있다는 희망을 품은 사람은 포기하지 않는다. 당장에 성과를 내겠다는 마음을 버리고 내가 정한 목표를 위해 매일 하는 사람만이 기회를 가질 수 있다. 막연하게 기다리는 것이 아니라 싹을 틔우기 위한 노력을 매일 성실하게 해나가야 한다. 그 기다림의 끝에 새로운 시작이 있다. 땅 위로 흙을 뚫고 나오게 되는 날을 기다리는 나. 슈퍼 블룸처럼 화사하게 꽃을 피울 날을 생각하며 묵묵히 오늘을 산다.

이미 내 안에 존재하는 것

저녁 식사를 준비하는데 아들이 식탁에 앉더니 심각한 표정으로 말한다.

"엄마, 나는 나중에 뭐가 되면 좋을까?"

아들의 표정이 꽤 진지해 보였지만 나는 가볍게 대꾸했다.

"어떻게 지금부터 정해. 아직 3학년인데. 나중에 커서 태원이가 좋아하는 걸 하면 되지!"

표정이 조금 밝아진 아들이 대답한다.

"아. 그럼 좋아하는 게 5가지 정도 되는데. 먼저 책 읽기, 마인크래프트 게임, 이야기 쓰기, 술래잡기. 그런데 술래잡기도 잘하면 좋은 건가?"

나는 가스레인지에 냄비를 올리며 속으로 킥킥 웃었다. 귀엽기도 하고 한편으로는 대견한 마음도 들었다. 그러다 갑자기 뭔가가 생각난 듯이 아들이 큰 소리로 말했다.

"아! 그러면 마인크래프트 이야기를 책으로 쓰면 되겠네."

내가 책상 위에서 글을 쓸 때마다 옆에 와서 자기도 노트북에 글을 써 보고 싶다며 이야기를 짓는 아들이다. 요즘 푹 빠진 마인크래프트 책을 얼마 전 사줬더니 읽고 또 읽는다.

"그것도 좋겠네. 책 써서 친구들 주면 태원이 인기 짱이겠다."

아들은 좋아하는 것이 확실하다. 한 가지에 빠지면 제대로 푹 빠진다. 종이접기에 빠졌을 때는 매일 네모 아저씨 유튜브를 보고 또 보며 하루 종일 접었고, 해리 포터에 빠졌을 땐 1편부터 7편까지 무한반복하고 매일 집에서 마법 주문을 중얼거리며 지팡이를 휘둘렀다. 요즘은 마인크래프트다. 마인크래프트에 대한 것이라면 하나부터 열까지 모두 알려고 한다. '이제 그만해.'라는 엄마의 잔소리를 매일 들어야 하지만 아들의 마인크래프트 사랑은 끝이 없다. 반면에 딸은 좋아하는 것이 자주 바뀐다. 당연히 꿈도 여러 가지였다. 그림책 작가에서 한복 디자이너, 반려견 훈련사, 메이크업 아티스트, 영화감독, 이제는 유치원 선생님이라나. 바뀌어도 이렇게 버라이어티하게 바뀌다니. 내가 해주는 일은 매번 옆에서 응원해주는 일뿐이다. 아이들이 이렇게 하고 싶은 일이 많은 것이 나는 부럽다. 나는 이 나이 되도록 내가 좋아하는 것이 뭔지 어떤 사람이 되고 싶은지 정확히 몰랐으니까.

어쩌다 보니 나이 50이 다 되어 간다. 나는 어릴 때 뭐가 되고 싶었을까. 특별히 없었던 것 같다. 아빠, 엄마의 꿈이 곧 나의 꿈이었다. 책을 많이 읽는 아이도 아니었고 그림을 잘 그리지도 못했다. 내가 무엇을 할 때 행복한지, 뭘 잘하는지 몰랐다. 피아노를 너무 배우고 싶어 엄마한테 졸라 시작했지만 이내 시들해졌고, 친구 따라 미술학원에 등록했지만, 친구의 그림을 보고 부러워하기만 했다. 고등학교 때 잠깐 작곡가의 꿈을 갖기도 했지만 아빠의 말 한마디로 바로 꿈을 접었다. "그냥 공부해."
대학도 점수에 맞춰 마음에도 없는 독일어를 공부했다. 수업 시간에 꾸벅 조는 날이 많았고 빠지는 날도 많았다. 자기가 꼭 하고 싶은 일을 찾아 잘해 나가는 친구들이 마냥 부러웠다. 그러다 보니 자존감도 뚝 떨어졌다. 뭔가 제대로 하는 것이 하나도 없었다.

마음이 불안할 때는 혼자 서점에 갔다. 몇 시간이고 서점 안을 뱅뱅 돌며 어떤 책들이 있는지 보고 또 봤다. 잡지도 훑어보고 외국 도서 코너에 가서 그림만 봐도 좋았다. 마음에 드는 책 두어 권은 꼭 사서 읽었다. 많은 책을 읽지는 않았지만 한 권, 한 권 꼼꼼하게 읽었다. 책을 읽으면서 자연스럽게 내가 관심이 있는 것이 생겼고 관련된 책들은 도서관에 가서 거의 다 찾아서 읽었다. 그림책에 관한 책, 책 육아에 관한 책, 책을 읽는 방법에 관한 책을 읽으며 관련된 강좌도 찾아 들었다. 그림책에 대해 배우고 창작하는 수업, 독서 리더 전문 과정, 독서 지도사 과정 등 나에게 필요하다고 생각했던 공부를 하나씩 시작했다. 아이들을 가르치게 되고 내가 독서 모임의 리더가 되면서 하나씩 배운 것들을 적용하고 성장했다. 결혼하고 아이들을 키우며 바쁜 시간을 쪼개면서 나를 위해 공부하기 시작했다.

어떨 때는 '내가 꼭 잘하는 것이 있어야 할까?'라는 생각도 했다. 그냥 하루하루 아무 일 없이 잘 살아가면 되는 거 아니냐는 마음이 들었지만 뭔가 허전했다. 내가 잘하는 무언가로 당당하게 일을 하며 돈을 벌고 싶은 마음이 들었다. 나는 점점 발전하고 앞으로 나아가기를 바라는 사람이었다. 그러려면 내가 어떤 사람인지, 나를 잘 파악하는 것이 중요했다. 하지만 '나'라는 존재를 나도 잘 알지 못한다는 생각이 들었다. 나는 원래 어떤 사람이었는지, 어떤 것에 가슴이 뛰는지, 무엇을 잘하는지. 육아와 살림에 하루가 정신없이 지나갔지만 나를 위한 시간을 내어 곰곰이 생각해보았다.

'나를 발견하는 순간'은 갑자기 찾아오지 않는다. 시간을 들여서 내 마음을 자주 들여보아야 한다. 〈다비드〉, 〈피에타〉 등 사람의 몸을 아름답게 표현한 조각상으로 유명한 이탈리아의 조각가이자 건축가인 미켈란젤로는 대리석 안에 이미 조각상이 있다고 생각하고 작업을 한다고 한다. 대리석 안에 이미 존재하는 완전한 조각상을 상상하며 겉에 있는 불필요한 부분을 깎아낸다. 우리는 온전한 존재다. 나에게 불필요한 걸 먼저 하나씩 걷어내고 진정한 나 자신이 되기 위한 여정을 떠나야 한다. 생각하니 내가 버려야 할 것들은 '오랜 안 좋은 습관들', '쓸데없는 걱정들', '자신 없고 두려운 마음', '자주 멈추어 주저앉고 싶은 마음'이었다. 모든 두려움과 걱정을 버리고 나에게 집중할 때 내가 정말 원하는 것들이 보이기 시작한다. 우리 안에는 이미 아름다운 조각상이 있다. 그것을 밖으로 드러내느냐 마느냐는 우리의 몫이다.

제3장

나만의 무늬를 그리는 시간

엄 마 의   인 문 학   살 롱

집 앞에 도서관이 생긴다는 소식에 기뻤다. 이제 먼 곳까지 가지 않아도 되고 매일 가서 실컷 책을 볼 수 있어서였다. 비어 있던 부지를 지나갈 때마다 이렇게 작은 땅에 어떻게 도서관이 들어설지 혼자 걱정했다. 동네 할머니들이 텃밭으로 쓰신 아파트 입구의 작은 부지였다. 1년 후 완공될 때를 상상하며 그 앞을 지날 때마다 보고 또 봤다. 건물이 올라가고 실내 장식이 시작되는 과정을 지켜보았고, 조명이 켜지고 책을 정리하는 분주한 사서 선생님들의 모습이 바깥 유리문을 통해 보였다. 마침내 완공되고 개관을 알리는 현수막이 걸렸다. 반짝반짝 빛나는 건물 외관을 보니 빨리 책을 빌리고 싶은 마음뿐이었다. 아이들 손을 잡고 도서관에 처음 들어가서 바로 회원증을 만들었다. 모든 것이 다 새것이었다. 대출 권수를 꽉꽉 채워 빌리고 또 빌려 읽었다. 4층까지 오르락내리락하며 어떤 공간이 있는지 구경하다가 우연히 3층에 있는 작은 방을 발견했다. 독서 모임을 모집하는 안내문이 붙어 있었다. 누구나 신청할 수 있고 최소 인원 여섯 명이 되면 정해진 시간에 소모임실을 사용할 수 있다는 것이었다. 도서관에서 독서 모임을! 나는 가슴이 뛰었지만 어떻게 여섯 명의 회원을 모집할지 걱정이 되었다. 아늑한 공간에서의 독서 모임을 상상만 했던 나는 어떻게든 빨리 시작하고 싶었다.

같은 동에 사는 책을 좋아하는 친한 동생에게 말했더니 바로 하겠다고 했다. 두 명이 모집됐다. 나와 동생. 일단 도서관 담당자에게 전화해서 독서 모임을 모집하고 싶다고 했더니 같이 할 사람들을 더 모아오라고 했다. 나는 그때부터 주위 엄마들에게 같이 모임을 하자고 말하고 다녔다. 관심은 있지만 선뜻하겠다는 엄마들은 없었다. 나의 첫 독서 모임을 이대로 포기하느냐 마느냐! 포기할 수는 없어서 모임 명단에 친한 엄마들의 이름과 전화번호를 써서 여섯 명을 채워 제출했다. 물론 동의는 구했지만, 정식 독서 모임 회원들은 아니었다. 도서관 담당자에게 명단을 제출하니 모임 이름과 어떤 책을 읽을지 대충 책 목록을 만들어 오라고 했다. 나는 그때부터 그동안 읽고 싶었던 책들의 제목을 쓰고 이름을 정하기 위해 며칠을 고민했다. 엄마의 인문학 살롱. 첫 독서 모임의 이름이었다. 문학, 예술, 역사, 시에 관한 책을 읽으며 함께 고민하고 이야기 나누는 엄마들의 책 모임을 꾸려나가기로 마음먹었다.

화요일 오전 10시부터 12시까지 '엄마의 인문학 살롱' 독서 모임을 한다는 공지가 모임방 앞에 붙여졌다. 오다가다 관심이 있는 사람들이 직접 문의하기도 했고 도서관 사서 선생님을 통해 연락한 사람들도 많았다. 젊은 주부부터 나이가 드신 분까지 다양했지만 주로 40대 육아하는 엄마들이 많았다.

육아서만 읽었던 엄마에서 다독가로 변한 배움에 열정적인 민경이, 완독 못할 때도 매번 빠지지 않고 참석해서 분위기를 화사하게 만들었던 화영, 문학소녀처럼 감수성이 풍부하고 조곤조곤 말도 잘하는 인혜, 책 이야기를 하고 싶어 백일도 안 된 아가를 유모차에 태우고 참석했던 시를 좋아하는 주연, 매일 책 읽고 글 쓰며 작가의 꿈을 가지고 있던 지민. 이렇게 나를 포함한 여섯 명이 정기 회원이 되었다. 우리는 매주 화요일마다 독서 동아리 방에 모였다. 아이들을 유치원에, 학교에 챙겨 보내고 책 이야기를 나누러 도서관의 작은 방에서 만났다. 2018년에 시작된 엄마의 인문학 살롱은 코로나가 터지기 전까지 3년 가까운 시간 동안 계속되었다. 처음에는 각자가 읽고 싶은 책 목록을 만들고 한 권씩 읽었지만,

시간이 지나면서 조금씩 체계적으로 계획을 세워 읽었다. 1주에는『폭풍의 언덕』,『오만과 편견』,『달과 6펜스』등 고전 소설을 읽었고, 2주 차에는 그림책을 작가별로 나누어 읽고 감상하는 시간을 가졌다. 그 당시에 나는 그림책에 푹 빠져 있어 그림책 작가를 소개하며 책을 추천하는 일은 자신이 있었다. 내가 선정한 작가에 대해 말하고 그림책을 모두 빌려와서 한 권, 한 권 서로 돌아가며 낭독하며 감상했다. 잔디가 있고 과일나무가 있는 지민의 집에 모여 그림책을 감상하던 날, 창밖에 보였던 푸르른 나무와 그림들을 보며 도란도란 이야기했던 책 시간을 잊지 못한다. 아이들은 정원에 나가 물놀이를 하고 우리는 커피를 마시며 책 이야기를 하던 날. 언젠가는 야외 독서 모임을 하는 거야! 하며 계획을 세우며 들뜬 마음으로 기다리던 시간. 지금 생각하면 책과 함께했던 모든 순간이 근사하다. 근교로 나가 주꾸미집 앞마당에서 순서를 기다리다가 사노 요코의 그림책을 읽던 순간도! 앞에는 강이 흐르고 넓은 잔디밭 통나무 의자에 앉아 내가 읽어주는 그림책에 빠져 열심히 듣던 그녀들의 모습이 그리워진다. 3주 차에는 예술이나 시, 비문학 책 중에서 꼭 읽어야할 책을 선정해서 읽었고 마지막 주에는 벽돌 책,『코스모스』를 1년에 걸쳐 읽고 이야기 나누었다. 독서 리더로서 나는 어떻게 하면 더 알차게 모임을 할지 고민하며 보냈다. 독서 노트를 만들어 인상 깊은 문장을 필사하고 서로 나누는 시간을 만들었고 간단하게 서평을 써보자고 제안하기도 했다. 잘 이해하기 힘든 내용의 책도 있었지만 모임에 참여하여 다른 사람들과 이야기를 나누며 '아하!' 하는 순간도 있었다.

우리는 매주 같은 시간에 만나 책을 통해 서로의 삶을 이해하고 울고 웃으며 소중한 시간을 만들어 나갔다. 혼자 읽었더라면 결코 이해하지 못했던 의미들이 서로의 해석을 통해 더 쉽게 다가와 고개를 끄덕이게 했다. 반 고흐의 책을 읽고 영화 〈러빙 빈센트〉를 함께 감상하고, 양정무의 『난처한 미술 이야기』를 읽고는 예술의 전당에서 열린 '그리스 보물전'에 가서 그림을 감상했다. 책 모임은 고된 육아의 터널을 지나는 우리에게 일상의 위로이자 에너지였다. 독서 모임은 누구나 시작할 수 있다. 책과 사람 그것이 전부다. 책을 읽고자 하는 마음만 있다면 가능하다. 봄이되면 다시 '엄마의 인문학 살롱'을 시작하려 한다. 그날을 기다리며 오늘도 책을 편다.

숲 에 서   그 림 책 을   읽 다

아이들을 키우며 매일 그림책을 읽어주는 시간을 기록하기 위해 '그림책은 미술관'이라는 태그로 SNS에 올렸다. 아이들이 좋아한 그림책부터 그림이 아름다운 그림책, 내용이 재밌는 그림책, 계절별로 고른 그림책 책장을 공개했더니 엄마들로부터 많은 호응을 받았다. 한 권, 두 권 모으기 시작한 그림책은 책장 여러 칸을 꽉 채우고도 모자랐다. 엄마들의 책모임을 할 때도 한 달에 한 번은 그림책을 읽는 시간을 가졌다. 한 명의 작가를 선택하고 그 작가가 쓴 모든 그림책을 읽으며 그림과 글을 감상하며 공부했다. 경기도 어느 도서관에서 '그림책 창작 과정' 강좌가 있어 공부하며 이야기를 써보기도 했다.

북 코디네이터로 활동하시는 이화정 작가님 블로그에 공지글이 떴다. 작은 독서 모임에 직접 오셔서 모임을 이끌어주신다는 내용이었다. 나는 우리 독서 모임을 소개하고, 꼭 오셔서 함께 하고 싶다는 메일을 보냈다. 숲속에서 하는 책 모임을 제안해 드렸더니 기대된다며 모임을 함께 하고 싶다는 답장을 받았다. 10월의 어느 날, 천마산 은행나무 숲에서 그림책 모임을 하게 되었다. 처음엔 기대되고 기다려졌는데 날짜가 가까워지니 긴장되고 불안한 마음이 들었다. '우리 모임 대단하지도 않은데 괜히 신청했나?', '멀리 오셔야 하는데 괜히 힘든 걸음 하시는 거 아닐까?', '내가 독서 모임 리더로서 자격이 되는 걸까?', '나를 어떻게 소개하지?' 등등.

자신 없고 걱정스러운 마음에 초조해졌지만 모임 날 아침까지 작가님의 책『함께 읽어 서로 빛나는 북 코디네이터』를 읽고 또 읽으면서 어떤 질문을 드릴까 고민했다. 그러면서도 산속이 너무 춥지는 않을지 별의별 걱정 다 했다. 바람이 많이 분다고 하니 만약을 대비해서 실내에서 하는 게 어떻겠냐는 의견도 나왔지만 나는 꼭 은행나무 숲속에서 독서 모임을 하자고 밀어붙였다.

독서 모임이 있기 하루 전날, 멤버 몇 명과 산으로 답사를 갔다. 은행나무 숲은 산 초입이라 오고 가는 사람들이 많았다. 최대한 산 안쪽에 있는 나무 탁자에서 하기로 정하고 주위를 둘러보았다. 아직 노란 단풍이

물들기 전이었지만 초록 잎이 무성히 달린 울창한 은행나무 숲은 아름다웠다. 나뭇잎 사이로 햇빛이 쨍하니 내려와 탁자에 앉아 있는 우리를 비추고 있었다. 그 따뜻한 온기가 불안했던 내 마음을 점점 누그러뜨렸다. 잘 할 수 있을 거라며 마음으로 응원했다. 우리는 탁자에 앉아 각자 뭘 준비해오면 좋을지 이야기를 나눴다. 따뜻한 커피와 직접 만든 쿠키, 핫팩, 그리고 작가님 의자에 따뜻하게 깔아놓을 담요 그리고 즐길 수 있는 마음! 당일 모임 시간보다 30분 일찍 산에 갔다. 다행히 바람도 안 불고 햇볕이 좋아 산속에서 한두 시간은 괜찮을 것 같았다. 주차장에 도착하셨다는 전화를 받고 우리는 긴장된 마음으로 마치 연예인을 기다리듯 작가님을 기다렸다.

작가님은 숲에 들어서자마자 '와!' 하며 은행나무와 우리를 번갈아 보셨다. 바라던 숲에서의 독서 모임이 시작되는 순간이었다. 가져오신 그림책들을 한 권씩 골라 낭독하고 자기를 소개하는 시간이 주어졌다. 내가 고른 그림책은 『책이 된 선비 이덕무』였다. 평생토록 책 읽는 일을 가장 기쁘게 여긴 18세기 조선의 선비 '이덕무'에 관한 책이었다. 병을 앓을 때도, 누이를 잃어 슬픔에 잠길 때도, 가난과 궁핍으로 추위와 배고픔에 힘들 때도, 항상 책을 읽고 글을 썼던 선비는 규장각에서 책을 검토하고 필사하는 검서관 직분을 갖게 된다. 매일 고통과 싸워가며 책을 읽고 글

쓰는 사람 이야기를 그림과 글로 감상하니 갑자기 먹먹한 마음이 들었다.

책을 낭독하고 내 소개를 하는데 순간 머리가 하얘졌다. 뭐라고 나를 소개해야 할지 생각이 나지 않았다. 평범하고 내세울 것 하나 없는 나에 관한 이야기를 다른 사람에게 한다는 것 자체가 두려웠다.

"저는 40대 중반의 두 아이를 키우는 엄마입니다."라고 말하고 나니 갑자기 울컥 눈물이 쏟아졌다. 내가 보잘것없고 초라하게 느껴져서 그랬을까. 한참을 울먹이다가 말을 이었다.

"저는 그동안 제가 뭘 좋아하는지 모르고 살았어요. 늦은 나이에 결혼해서 아이들을 키우고 정신없이 지내다 보니 40대 중반이 되었네요. 저는 그냥 평범한 엄마예요. 하지만 이덕무처럼 책을 읽고 함께 나눌 때 행복한 사람입니다."

내 목소리를 듣고 모두가 고개를 떨구며 눈물이 그렁그렁해졌다. 나의 소개를 들은 작가님은 잠시 숨을 고르시더니 차분한 목소리로 말씀하셨다.

"이미 안에 많은 것들을 가지고 계시는데요. 그동안 조금씩 쌓아나간 것들이 열매를 맺을 거예요. 충분히 잘 살아오셨고 앞으로도 잘해 나가실 거예요."

30대 중반에 결혼해 아이들에게 그림책을 읽어주고 시간을 쪼개 책을 읽었던 시간. 독서 모임을 시작하고 책으로 점점 단단해지던 시간, 긴 육아의 시간 속에서 짬을 내어 나에 관한 생각을 게을리하지 않았던 시간이 한꺼번에 떠올랐다. 내 마음을 누군가가 공감해준다는 사실이 감사했고 힘이 되었다. 매일 조금씩 나아지려고 애썼던 시간이 헛되지 않았다는 사실이 큰 위로가 되었다.

'나이 때문에 주눅 들지 말자. 내가 이미 가지고 있는 것들을 소중하게 연마해서 빛나게 하자.'

따뜻한 커피 한 잔과 그림책을 두고 도란도란 이야기 나누던 그날의 은행나무 숲, 그곳에서 그동안 내가 미처 깨닫지 못했던 나의 반짝임을 발견했다. 내 안에 많은 것이 있다고 생각하지 않았다. 내가 시시하다는 생각에 밖으로 두리번거리기만 했다. 나를 믿기로 했다. 내가 가진 것을 꺼내기로 했다.

축적의 힘을 믿는다. 함께 해서 더욱 빛났던 숲에서의 책모임으로 모두를 초대하고 싶다.

나 만 의   무 늬 를   찾 아 서

평소에는 잘하고 있다고 생각하는데 갑자기 내가 초라해질 때가 있다. SNS에 올라오는 사람들의 소식에 마음이 심란해진다. 나 말고 모두가 성과를 빨리 내며 잘살고 있다. 누군가는 책을 출간했고, 블로그로 돈을 벌고, 워킹맘으로 자기 일도 멋지게 해내고 아이들도 잘 키운다. 마음은 급해지고 나도 빨리 뭔가 이루고 싶은데 계획대로 되지 않으면 좌절한다. 이 나이 되도록 난 뭐 했나. 돈도 많이 못 벌고 내 삶이 불만족스럽다. 자꾸만 '빨리, 빨리'하는 마음이 들 때, 이 그림책을 만났다.

아들에게 읽어준 그림책 유설화 작가의 『슈퍼 거북』이다. '빠르게 살자.'라는 머리띠를 질끈 맨, 굳은 의지로 입을 굳게 다문 거북이가 책 표지에 있다. 비장한 각오로 앞으로 절대 지지 말며 열심히 살자고 다짐하고 있다. 우리가 잘 알고 있는 '토끼와 거북이' 그 뒷이야기라 결말을 궁금해하며 읽었다. 달리기 경주에서 이긴 거북이는 다른 동물들에게 '슈퍼 거북'이라는 이름을 얻게 되고 거북이는 더 빨리 달리고자 매일 안간힘을 쓰며 연습한다. 빨라지는 방법이 나온 책을 모두 읽고, 해가 뜰 때부터 질 때까지 맹연습한 거북이는 정말로 빨리 달리는 '슈퍼 거북'이 되었다. 모두가 슈퍼 거북을 부러워하며 칭찬한다. 어느 순간 슈퍼 거북은 너무 지쳐 느긋한 삶을 꿈꾼다. 볕도 쬐고 책도 보고 꽃도 가꾸며 느릿느릿 즐기는 삶을. 무엇보다 바랐던 건 예전처럼 천천히 걷는 것이었다. 다시 시합 날은 다가오고 경주에 참여한 슈퍼 거북은 시합에서 지게 되고 집으로 돌아간다. 그리고 오랜만에 단잠을 잔다. 이야기는 여기서 끝나지만, 책 뒷날개엔 거북이의 행복한 모습이 그려져 있다. 정원의 꽃을 가꾸고, 개구리들과 수영하며, 노래를 부르며 목욕하고, 잎이 떨어지는 나무 밑에서 책을 읽다가 잠든 (책 이름은 『느리게 사는 법』) 거북의 모습에 절로 미소가 지어졌다.

"태원아, 슈퍼 거북 참 멋지지? 어떤 그림이 마음에 들어?"

"암벽타기하고 열심히 연습하는 거. 나도 이렇게 연습해서 축구랑 피아노 잘 하고 싶어."

연말, 피아노학원에서 작은 콘서트를 열었다. 아들의 첫 피아노 발표회였다. 엄마, 아빠 앞에서 피아노를 연주하는 것이 부담스러웠던 아이는 집에서 연습할 때마다 짜증을 냈다. 악보를 다 외우지 못해서, 어려워서, 실수해서 자꾸만 완벽하게 치려고 하는 욕심 때문에 속상해하고 힘들어했다. 그런 아들을 보며 야단도 치고, 할 수 있을 만큼만 하라고 조언도 했지만 힘든 과정을 겪어야 더 발전한다는 생각이 들어 다그치기도 했다.

"무슨 대회 나가서 경쟁하는 것도 아닌데 왜 이렇게 투덜거려? 피아노 치기 싫으면 하지 마. 네가 원하지 않으면 안 해도 돼. 그런데 연습하는 게 힘들다고 포기하면 아무것도 못 해."

좋아해서 시작한 피아노가 힘들다고, 연습하기 싫다고 중간에 그만두게 하는 것이 싫었다. 즐기는 마음이 있어야 피아노 치는 것을 지겨워하지 않는다는 것을 알면서도 쉽지 않았다. 힘들더라도 끝까지 성취감을 맛보게 하느냐, 짜증 내면서 할 바에는 그만하는 게 나은 건가 고민했다. 결국 중요한 것은 내 속도로 가면서 남과 비교하지 않는 것이었다. 정말 피아노 치는 것이 싫어서 짜증을 내는 것인지, 부담감과 두려움 때문에 치기 싫은 것인지 아이의 마음을 잘 들여다봐야 했다.

어릴 적 피아노학원에 등록해 달라고 떼쓰던 나를 생각했다. 피아노학원에 보내달라고 매일 저녁 식탁에 앉아 피아노 치는 흉내를 냈다. 부모님은 아파트 상가에 있는 작은 피아노학원에 등록해 주시고 낙원상가에서 중고로 피아노도 사주셨다. 처음에는 신나게 다녔는데 어려운 곡이 나올 때마다 연습하는 것이 힘들었다. 3학년 때 시작한 피아노를 중학교에 입학하면서까지 다녔다. 피아노 발표회를 나가기 위해 같은 곡을 외우고 연습을 반복했다. 다른 피아노학원에 다니는 아이들과 함께하는 연주회라 떨리고 두려웠다. 잘 치고 싶은 마음이 들었다. 엄마는 무대 위에서 연주할 딸을 위해 평화시장에서 예쁜 하늘색 드레스를 사주셨다. 연습하는 과정은 힘들었지만, 연주회를 끝내고 나서는 뿌듯했다. 게다가 마음에 쏙 드는 드레스도 입었으니까. 1등, 2등을 가리는 연주회였다면 속이 상했을 것이다. 내가 못한다는 생각이 들었을 것이다. 엄마는 한 번도 경쟁에서 이겨야 한다고 말하지 않으셨다. 딸이 피아노를 즐겁게 치고 점점 더 나아지는 모습을 원하셨다. 그래서 다른 아이들이 1~2년 치다가 그만두는 피아노학원을 5년 넘게 다녔다. 아들이 피아노를 연습할 때 슬그머니 옆에 앉아 악보를 보며 나도 건반을 눌러본다. 악보 보는 게 어렵긴 해도 피아노 치던 감각은 살아 있다. 몇 번 연습하니 기억이 난다. 다시 피아노를 배우고 싶다는 열망이 되살아났다. 베토벤의 월광을 끝까지 쳐보고 싶은 아들을 따라 나도 열심히 연습해 녹턴을 완주할 수도 있을 것이다.

'나다운 삶'이란 내 마음대로 아무렇게나 사는 게으른 삶이 아니다. 매일 내가 하고 싶은 일들을 우선순위에 두고 꾸준히 하되 결코 급한 마음으로 서두르지 않는 삶이다. 남과 나를 비교하지 않으며 절망하지 않는 삶이다. 내 블로그와 다른 사람 블로그 방문자 수를 비교하며 마음 졸이기보다는 정성스럽게 나만의 이야기를 한 편 올리는 일이 더 좋다. 한동안 '나답게 사는 게 뭘까?' 고민한 적이 있다. 나이가 들면서 원래의 나는 점점 희미해지고 아이 둘 키우는 엄마라는 정체성에 맞게 모든 걸 아이들에게, 가족에게 맞춰 살았다. 책 제목에 '나'가 들어가면 무조건 읽었다. '어떻게 살아야 나답게 사는 걸까?'라는 고민은 책을 읽어도 딱 해결되는 문제가 아니었다.

책장에 오랫동안 꽂혀 있었지만, 손이 가지 않았던 책 『인간이 그리는 무늬』를 꺼냈다. 철학 박사인 최진석 교수의 책이었다. 하루에 몇 장씩 줄 치고 필사하고 내 생각을 적으며 아끼면서 천천히 읽었다. '내가 그리는 무늬'로 읽혔다. 나는 어떤 무늬를 그리면서 살고 있는지 책을 읽으며 여러 날 생각했다. 사회가 규정한 이념이나 가치관이나 신념을 따라 사는 삶이 아닌 자신의 욕망을 따라 사는 삶이 진짜 나의 삶이라 말한다. '욕망'이라. 나이 50에 욕망이라니. 나에게도 원래 욕망이 있었나. 욕망의 사전적 의미는 '무엇을 하거나 가지고자 하는 바람 또는 누리고자 탐하는 마음'이다. 나를 위해 무엇을 가지고자 탐하는 마음은 욕심과는 다르다. 욕심은 내 분수에 넘치는 것을 무작정 바라는 마음이니까. 다른 사람을 기준으로 두지 말고 내 안에 꿈틀거리는 마음을 찾아가는 일은 계속되어야 한다. 느리더라도 자기만의 속도로 길을 찾아 나서는 사람들처럼 나도 고유한 나만의 이야기를 가진 사람이 되고 싶다.

카페에서   공부하는   아줌마

가족들이 모두 나간 오전 시간, 혼자 집에 있는 것을 좋아한다. 설거지 거리가 쌓여 있고 거실은 엉망이지만 혼자 있는 아침의 여유로움을 느끼고 싶어서이다. 거실 창을 활짝 열고 시원한 공기를 마시면 기분이 맑아진다. 오늘은 '집안일을 하지 말아야지.' 마음먹고 츄리닝 바람으로 커피를 내리고, 버터 잔뜩 바른 식빵 한 조각으로 아침을 때운다. 부스스한 머리를 대충 손으로 빗어 넘기고 소파에 비스듬히 누워 넷플릭스에서 요즘 뜨고 있는 드라마를 한 편 본다. 이보다 편한 아침은 없다. 아무도 방해하지 않는 조용한 집에서 아이들 하교 시간이 될 때까지 나는 자유롭다. 하지만 이런 날은 1년 중 손꼽을 정도로 적다. 마음을 먹어야 가능한 일이다. 실제로는 싱크대부터 식탁까지 그릇이며 음식 재료며 너저분하게 늘어져 있는 부엌을 정리해야 하고, 아침에 뭐 입을까 고민하며 이 옷, 저 옷 꺼내놓은 딸 방도 한번 싹 치워놓아야 마음이 편하다. 청소 밀대로 거실 바닥을 문지르고, 아들이 하다 만 레고 조각도 제자리에 넣어두고. 눈에 거슬리는 게 한둘이 아니다. 엊그제 한 것 같은데 빨래는 산더미처럼 쌓였다. 냉장고 야채칸에 있는 채소도 얼른 썰어서 냉동고에 넣어야 하고, 여기저기 뒤죽박죽되어 있는 책들도 정리해야 한다. 집안일은 끝이 없다더니 해도 해도 티가 안 나니 시작도 하기 전에 맥이 빠진다. 아, 이러다가 내 귀한 오전 시간이 날아가 버리지.

특별한 일이 없으면 가방에 노트북, 책 한 권, 노트 한 권, 밑줄 그을 연필 한 자루를 넣어 집을 나선다. 지저분한 집을 쳐다보면 심란하지만, 눈을 질끈 감아버리고 재빨리 운동화를 신는다. 집 밖으로 나가는 순간 난 자유부인이 된다. 마치 무슨 대단한 일을 끝내야 하는 것처럼 동작도 빠르다. 마감을 앞둔 작가처럼 비장한 각오로 카페에 들어선다. 카페에 가면 없던 의욕이 불끈 솟는다. 커피 향과 음악만으로도 기분이 좋아진다. 캘리포니아에서 즐겨 갔던 카페는 걸어서 15분 거리의 스타벅스였다. 집을 나와 스타벅스까지 가려면 공원을 가로지르는 산책로를 걸어야 했다. 아침 시간에는 운동하는 사람들을 많이 마주쳤다. 날씨가 제법 쌀쌀한데도 핫팬츠와 반팔 티셔츠만 입고 땀을 뻘뻘 흘리며 뛰는 사람들도 자주 봤다. 자전거를 타는 사람, 개를 데리고 산책하는 사람, 씩씩하게 걷는 나에게 살짝 눈인사하며 지나가는 사람. 걷는 동안 어느새 나도 에너지가 가득해진다. 초록 파라솔이 펴져 있는 테이블 한 곳에 자리를 잡고 가방 속에서 가져온 것들을 꺼낸다. 옆 테이블엔 아줌마들이 삼삼오오 커피를 마시며 수다를 떨고 있지만 대부분 아침 시간이라 테이크 아웃해서 커피를 가지고 간다. 나는 따뜻한 커피와 머핀 한 개를 시켜놓고 오늘의 할 일을 시작한다.

예전에 살던 집 앞의 작은 카페는 북적거리지 않아 좋았다. 그 집의 스페셜한 수제 자몽 티나 케이크 한 조각이면 아침은 충분했다. 커피 한 모금 마시며 좋아하는 책을 읽을 때의 기분이란. 게다가 창밖에 푸르른 나무들이 있다면 더 좋다. 야외 정원이 있는 카페에서는 가끔 하늘을 보며 다리를 쭉 뻗어 간단 스트레칭을 하기도 한다. 연필로 밑줄을 그으며 좋은 문장을 발견했을 땐 나도 모르게 노트를 펴서 옮겨 적고 싶어진다. 옆에 앉아 있는 손님들이 떠드는 소리, 누군가 전화하는 소리, 흘러나오는 음악 소리 모두가 하모니가 되어 그날의 분위기가 된다. 나는 마치 마감을 코앞에 둔 작가님이나 바쁜 비즈니스 우먼이 된 것만 같은 느낌이 든다. 왠지 우쭐한 기분까지 드는 것 같다.

카페에서 하는 공부는 다양하다. 영어 북클럽에서 읽고 있는 원서를 오더블의 도움을 받아 들으면서 눈으로 읽는다. 그리고 핸드폰에서 모르는 단어도 찾아 단어장에 저장해두고, 혼자 중얼중얼 낭독해 보기도 한다. 이렇게 해도 내일이면 까먹긴 하지만. 꾸준히 매일 해야 공부가 된다. 미술 북클럽에서 읽을 책도 열심히 읽는다. 어떤 날은 집중이 되지 않아 읽은 문장을 계속 되풀이해서 읽기도 하고 옆자리에 앉아 있는 아줌마들의 수다에도 귀를 쫑긋 세워 엿듣기도 한다. 눈은 책에 있는데 귀는 옆자리로 열려 있다. 뭐 입시를 준비하는 고시생도 아닌데 어때. 잠깐 한눈팔아도 좋을 곳이 카페다. 책을 읽다가 모르는 화가가 나오면 유튜브에 검색해서 영상을 보고, 자료를 찾아보기도 한다. 알면 알수록 더 공부하고 싶어지는 것이 미술사 공부다. 돌아서면 까먹고 다시 반복해야 내 것이 되지만 조금씩 알아가는 기쁨이 크다. 그러다가 마음에 드는 그림이 있으면 블로그에 글을 쓰기도 한다. 그림 하나와 내 감상을 간단히 적어 글을 발행한다. 내가 좋아하는 글감으로 꾸준히 글을 써서 올리는 블로그 글쓰기를 좋아한다. 방문자 수가 많지 않지만 내 글이 차곡차곡 모여 있는 블로그를 보면 기분 좋다. 한글 파일을 열어 오늘의 글쓰기도 한다. 오늘 써야 할 분량을 채우기 위해 노력한다. 술술 써 내려가면 좋지만 그런 날은 드물다. 한 문장 쓰고, 뚫어지게 화면만 보는 시간이 더 길다. 하늘을 한번 쳐다보고 옆에 누가 앉아 있나 고개를 돌려 보기도 한다. 같은 자리에서 몇 시간을 앉아 있다 보면 눈이 침침해진다. 노안이다. 그럴 때는 눈을 잠시 감는다. 미래의 나를 상상한다. 카페에서 공부하는 할머니! 참 멋지다. 나이 들어도 카페에 나와 노트북을 켜고 글을 쓰는 내 모습을 그려본다. 그래. 난 카페에서 공부하는 할머니가 되어야지. 그러려면 하고 싶은 게 많은 사람이 되어야 한다. 해도 해도 끝이 없는 게 책 읽기와 공부다. 올해 목표는 영어 공부와 글쓰기. 그리고 심리학 책 많이 읽기다. 내년에는 또 다른 공부가 하고 싶어질지도 모른다.

다음에는 무슨 책을 읽지, 어떤 글을 쓰지, 고민하는 일은 즐겁다. 카페에서 공부하는 내가 좋다. 젊었을 때 했던 공부보다 훨씬 재밌다. 내 나이 60, 70이 되어서도 카페에서 공부하는 사람이 되고 싶다. 커피 한 잔 값으로 혼자만의 값진 여행을 매일 하는 중이다.

낯 선   곳 으 로 의   여 행

'누가 문을 부수고 들어오면 어떡하지?'

밖에 주차해둔 우리 차 창문을 깨면 어떻게 집까지 갈까. 총을 들고 있을까. 이 숙소에 묵는 사람들이 별로 없는 거 같은데. 누구한테 도움을 청하지? 뜬눈으로 밤을 지새웠다. 조금만 부스럭거리는 소리가 나도 화들짝 눈이 떠졌다. 잠깐 눈을 붙이고 일어나니 밖이 환했다. 창문 밖으로 흘끔 쳐다보니 차는 멀쩡했다. 간밤에 세워져 있던 트럭의 주인인지 아저씨들이 모여 큰 소리로 웃으며 이야기하고 있었다. 밤에 봤을 땐 무슨 서부의 무법자라도 되는 듯 삭막한 분위기였는데.

가족들과 조슈아 트리 국립공원으로 여행을 떠났다. 처음 가보는 국립공원이었지만 LA에서 2시간 정도의 가까운 거리라 가벼운 마음으로 출발했다. 날씨도 따뜻했고 도로도 막히지 않아 수월하게 공원 입구에 도착할 수가 있었다. 자동차를 타고 공원을 돌며 중간중간 내려 하늘로 뻗은 조슈아 트리와 바위산, 드넓은 사막을 걸으며 자연을 만끽했다. 마치 두 팔을 하늘로 뻗은 듯한 모양의 나무도 신기했지만, 끝도 없이 펼쳐져 있는 광활한 공원의 크기에도 놀랐다. 반나절을 신나게 뛰어다니며 자연을 만끽하고 꼬불꼬불한 길을 내려와서 근처에 있는 숙소로 향했다. 체크인을 하고 방으로 들어가는데 호텔이 너무 조용했다. 복도도 없이 1층 밖에서 바로 방으로 들어가는 구조였다. 주차장에도 큰 트럭 몇 개만 있고 자동차는 없었다. 아마 이 호텔에서 묵게 되는 손님은 우리뿐인 듯 했다. 주차장에서 객실로 짐을 옮기며 무서운 마음이 들었다. 방에 들어가자마자 아이들은 객실 컨디션을 보고 실망했다.

"여기 별로야. 왜 이렇게 어두워?"

분명히 인터넷에서 예약할 때는 작지만 좋아 보였었는데 막상 와보니 빨리 나가고 싶은 마음만 들었다. 문 잠금장치도 허술해 누가 툭 건드리면 망가질 것 같아 불안했다. '자물쇠라도 갖고 다녀야 하나?'라는 마음이 들었다. 텔레비전은 켜지지 않았고 아이들은 화장실조차 혼자 가기 싫어했다. 어두컴컴한 분위기 때문에 더 그랬다. 카펫이 깔린 방이 찝찝해서 신발을 신고 돌아다녔다. 하얀 시트가 깔린 침대 위에 털썩 내려앉으니 삐걱거리는 소리가 났다. 속으로는 한숨을 내쉬었지만, 아이들 앞에서는 애써 괜찮은 척했다.

일단 짐을 내려놓고 근처에 있는 식당으로 저녁을 먹으러 갔다. 멕시칸 바비큐 집이었다. 가게 앞에는 주차할 공간이 없어 길 건너편 깜깜한 주차장에 차를 댔다. 가로등도 없는 어두운 좁은 길이었다. 마음은 조급해지고 왠지 무서운 마음이 들어 아이들을 재촉했다. 길가에는 지나가는 사람도 없었다. 누가 구석에서 금방이라도 튀어나올 것 같았다. 하지만 다행히 가게 안과 밖은 사람들로 가득 차 있었다. 바비큐 냄새와 연기가 가득했다. 조용한 호텔에 있다가 북적거리는 사람들을 보니 괜히 반가운 마음이 들었다. 인상 좋은 주인 아저씨는 10분 정도 기다려야 자리가 난다고 했다. 밖에 있는 테이블에 앉아 순서를 기다렸다. 그제야 긴장이 조금씩 누그러졌다. 반짝이는 크리스마스 장식과 음식을 먹는 사람들의 떠들썩한 분위기, 크리스마스 음악까지 더해져 마음이 조금씩 들뜨기 시작했다.

가족들과 함께 오붓하게 저녁을 즐기는 사람들, 다정한 연인들, 왁자

지껄하게 이야기하고 있는 동양인 청년들, 뒷자리에서 소곤소곤 말하는 흑인 아저씨 둘. 인종은 달랐지만, 크리스마스를 앞두고 있어서인지 모두 즐거운 분위기로 어우러져 식당 안이 활기찼다. 키가 크고 호리호리한 갈색 머리의 씩씩한 여종업원은 메뉴판을 들고 와 무엇을 먹을지 주문받았다. 인기 있는 바비큐포크립과 추천받은 할라페뇨 치즈구이를 시켰다. 그리고 시원한 맥주 한 잔도! 처음 먹어보는 할라페뇨 치즈구이는 정말 신선한 맛이어서 깜짝 놀랐다. 그냥 먹으면 머리카락이 곤두설 정도로 매운맛이지만 치즈를 속에 넣고 불판에 구운 할라페뇨의 맛은 부드럽고 적당히 아삭해 먹기 좋았다. 종일 힘들고 낯선 장소에서 느끼는 두려움이 맥주 한 모금에 누그러졌다. 아는 사람은 한 명도 없고 모두 낯선 외국인들이었지만 정겨운 시골집에 와서 지친 몸과 마음을 위로받는 기분이었다. 크리스마스 캐럴을 흥얼거리며 즐거운 저녁 식사를 하고 별을 보러 다시 조슈아 트리 공원으로 향했다.

남편과 아이들은 종일 피곤해서인지 눕자마자 잠이 들었다. 나도 너무 피곤했지만, 자꾸만 밖에서 들리는 소음에 잠을 잘 수가 없었다. 무서워서 떨었던 지난밤의 내가 우스워졌다. 아직 익숙하지 않은 나라 미국, 그중에서도 내가 살지 않는 먼 동네에서 잠을 자고 밥을 먹고 하는 기본적인 것들이 안전하지 않으니 두려운 마음은 훨씬 커졌다. 불편하고 두려운 마음이었지만 조슈아 트리에서의 경험은 우리 가족에게 또 다른 추억이 되었다.

낯선 곳으로의 여행은 긴장되고 두려운 마음이 들지만 새로운 자극을 준다. 이곳에서 더 씩씩한 사람이 되어 처음보다는 즐기는 사람이 된다. 처음 가보는 멕시칸 식당 아저씨와 말하고 웨이트리스에게 어떤 음식이 맛있는지 추천받아 먹어보는 일, 캄캄한 도로를 건너며 두근거리며 걸음을 재촉하는 것, 허름하고 불편한 숙소에서 하룻밤을 덜덜 떨며 묵어보는 일도 지나고 나면 다음 여행을 위해 좋은 경험이 된다. 가만히 앉아서 세상을 바라보기만 하지 않고 부딪치고 겪어가며 나의 세상을 넓혀보는 일은 나의 한계를 허무는 일이다. 나이가 들수록 조금씩 내 안에 있는 틀을 깨고 앞으로 나아가려는 몸짓은 고되지만, 의미가 있다. 새로운 시도를 할 때마다 두렵고 불안한 마음이 먼저 들기도 한다. 하지만 오늘 시작하지 않으면 내일도 못 할 테니 망설이지 말 것! 한 발 내디며 새로운 길을 찾아 나서는 일은 계속되어야 한다. 한밤 드넓은 공원에 서서 밤하늘을 본다. 오늘따라 별이 쏟아질 듯 반짝인다.

흰 종이를 마주하는 기분

편두통이 시작됐다. 아침부터 머리가 지끈거리더니 의욕도 없고, 힘도 없었다. 불끈 솟았던 의지들은 다 흩어져버렸고 그냥 눕고만 싶었다. 아이들에게도 괜히 날이 서 잔소리만 해대고. 아들을 배웅하고 집으로 곧장 들어오려다가 더 걷기로 했다. 주말 내내 몸이 안 좋아 집에만 있었더니 안 되겠다 싶었다. 딸의 학교를 지나 산책로로 들어서니 운동하는 사람들이 많았다. 길을 조금 걷다가 건널목 앞에 섰다. 스타벅스 앱으로 미리 커피를 주문해두고 야외 테이블에 앉아 잠시 숨을 골랐다. 날씨는 쾌청하고 적당히 선선한 아침이다. 시원한 얼음 커피보다는 따뜻한 카페라테가 생각나는 날. 달달한 바닐라 라테를 마시며 다시 오던 길을 돌아 걷는다. 아까보다 산책하는 사람들이 더 많다. 큰 개를 데리고 전화하며 걸어가는 아저씨 뒤를 쫓아가다가 더 먼 길로 돌아가는 코스를 택했다. 속도를 냈다. 조금 빠른 걸음으로 걸어야 기분도 나아지고 운동하는 느낌이 들 테니까. 차들이 다니는 도로 위 다리를 건너니 딸 학교에서 아이들의 소리가 웅성거린다. 벌써 체육 시간이 시작되었나. 운동장에 달리는 아이들도 보이고. 아직은 한적한 공원을 가로질러 단지 안으로 들어가는 쪽문으로 발길을 옮긴다. 우체통에 가득 쌓여 있는 우편물을 꺼내고 집으로 들어와 창문을 다 열어놓는다.

마음이 오락가락한다. 잘 살아가고 있다고 생각하다가도 금방 풀이 죽어 아무것도 하기 싫은 순간이 온다. 좋아하는 그림책들이 꽂혀 있는 책장을 다시 한번 쓱 보며 몇 권을 꺼내 책상 위에 놓았다. 한 권, 한 권 다 의미와 추억이 있는 책들이다. 바쁘다고 아이들에게 요즘 잘 읽어주지도 못했구나. 유튜브를 켜고 간단히 몸을 푸는 요가 스트레칭을 했다. 편두통이 좀 나아지기를 바라면서. 스트레칭하고 나면 책상 위의 노트북을 펼친다. 아이들과 함께 쓰는 커다란 책상이라 늘 어지럽고 지저분하지만, 한쪽 나만의 자리를 겨우 마련하고 흰 백지를 마주한다. 흰 종이 위를 보며 '오늘은 뭘 쓸까?' 하며 5분 정도 머뭇거린다. 옆에 있는 책을 들추기도 하고 어제 쓴 메모도 본다. 때로는 마음 가는 대로 시작하기도 한다. 정해진 주제 없이 쓰는 글은 쓰기가 수월하다. 손가락을 빠르게 움직이며 시원한 마음으로 종이를 채워나간다. 누구에게 보이려고 쓰는 글이 아니기 때문에 생각나는 대로, 쓰고 싶은 대로 막 쓴다. 잘 써야 한다는 부담도 없다. 글쓰기는 나에게 두려움보다는 즐거운 일이다. 까만 글자들이, 문장들이 한 줄씩 늘어날 때마다 뿌듯하기도 하고 속이 시원하기도 하다.

몇 년 전 처음 글쓰기 강좌를 등록했다. 블로그를 시작했지만 어떤 글을 써야 하는지 자신이 없었다. 글쓰기 창을 열어놓고도 겨우 한두 줄 쓰다 말았다. 내가 하고 싶은 이야기가 뭔지도 몰랐고 내 일상도 뒤죽박죽이었다. 남편이 회사를 그만둔 해라 참 막막했다. 남편과 우리 가족의 미래가 걱정되면서도 출근하지 않고 집에 있다는 것 자체가 나에게 큰 스트레스였다. 지금 생각해보면 내가 왜 그 힘든 시기에 글쓰기를 시작해야겠다고 마음먹었는지 모르겠다. 집에 있는 시간이 싫어서 어떻게든 밖으로 나가려는 나의 마음이 뭔지, 뱅뱅 도는 어지러운 생각들을 정리하고 싶은 마음이 있었을까. 말수가 많지 않은 나는 항상 말보다는 머릿속으로 혼자 생각하고 마는 스타일이다. 남편과 싸울 때도 하고 싶은 말을 순서대로 먼저 착착 정리해놓지만, 막상 말로는 몇 마디 못 뱉는, 울음부터 터지는 나였다. 어디에다 내 마음을 털어놓을까. 답답한 마음을 다 쏟아부을 대상이 필요했다. 처음 글을 쓸 때는 뭘 어떻게 써야 하는지 도무지 감이 오지 않았다. 내 일상을 촘촘하게 보기 시작한 것은 그때부터이다. 하루에 한 번은 글쓰기를 해야 했기 때문에 항상 '뭘 쓰지?'라는 고민을 하며 지냈다. 집에만 있다가 우연히 외출해야 하는 날이 오면 특별한 글감 생기겠지 하며 괜히 신이 났다. 앞뒤 문맥을 따지지 않고 그냥 무조건 쓰던 날들이었다.

생각을 말로 일목요연하게 정리해서 말하는 사람이 부러웠다. 겉으로 표현하기보다는 언제나 마음속으로 혼자만 끙끙거렸다. 백지에 또박또박 글을 채워나갈 땐 그동안 분출하지 못한, 꼭꼭 숨겨둔 나를 꺼내는 느낌이 든다. 내가 뭘 좋아하고 잘하는지, 글을 쓰면서 이제야 나를 알아간다. 조용하고 수줍음 가득하였던 나의 어린 시절도 소환해보고 방황했던 20대의 기억도 살며시 들춰보며 나의 과거를 떠올려본다. 일단 흰 종이를 마주하고 자판을 두드려야 생각이 명확해진다. 일기처럼 쓰는 글이지만 나중에 다시 읽어보며 한 편의 글로 완성하게 되면 뿌듯하기도 하다. 첫 문장을 시작하면 어쨌든 계속 쓰게 된다. 중간에 마땅한 표현이 생각나지 않아 노트북을 덮고 다른 일을 할 때도 많다. 쓰다 만 글을 다음날 다시 읽어보면 또 계속 쓸 힘이 생긴다. 글을 쓰는 것은 결심으로만 되는 것이 아니다. 그냥 쓴다. 짬을 내어 쓴다. 꾸준히 쓴다.

글쓰기를 방해하는 적은 언제나 확 밀려온다. 한번 이 생각이 들면 무너지는 건 한순간이다. 글쓰기를 꼭 해야 하는 이유보다 하지 않아도 될 이유도 머릿속에 착착 자리 잡는다. 글쓰기를 한다고 내 삶이 달라질까. 이렇게 머리 짜면서 힘들게 써야 할 이유가 있을까. 매일 쓴다고 내 글이 나아지기는 하는 걸까. 이런저런 생각들이 글을 쓰는 것을 멈추게 한다. 기분이 괜히 들뜨는 날에도, 다 귀찮아 소파에서 빈둥대고 싶은 날에도 한 줄 쓰기 위해 노트북을 연다. 아이들에게 항상 하는 말이 있다.

"표현해야 마음을 알지, 아무 말도 안 하고 표현하지 않으면 네 마음을 몰라."

아니다. 꼭 말로 표현해야 마음을 아는 건가. 아이들은 충분히 표현하며 살고 있다. 그림으로, 몸짓으로, 불만 가득한 다이어리 속 끄적임으로. 그러니 나만 잘하면 된다. 매일 쓰는 사람이 되기 위해 오늘도 흰 종이를 마주한다. 탁해졌던 머리와 마음이 맑아지기를 바라며.

탐 험 가 의   길

숲에서 일박하는 딸을 배웅했다. 아침부터 비가 계속 내리는 궂은 날씨였다. 혹여나 잠자리가 불편하진 않을지, 춥지는 않을지 처음으로 바깥에서 딸을 재우는 것이라 불안한 마음이 들었다. 전날 밤에 캐리어에 옷을 넣었다가 꺼냈다가 몇 번을 하고, 일기예보를 수시로 확인했다. 내일까지 많은 비가 내린다던데, 야외 활동은 할 수 있으려나. 나와는 다르게 숲에서 친구들과 일박할 생각에 마음이 붕 떠 있는 딸은 아침을 먹으면서 말한다.

"엄마, 나 오늘 진짜 너무 기대된다."

딸을 데려다주고 멀리서 사진을 찍었다. 혼자 짐이 가득 담긴 캐리어를 낑낑 끌고 걸어가는 모습을 담아두고 싶었다. 언제 우리 딸이 저렇게 컸을까. 한편으론 가슴이 뭉클해졌다. 온종일 비가 많이 내렸다. 바람도 엄청났다. 하필 캠프 날 태풍이 오다니. 저녁이 되니 딸이 뭐 하고 있을까 궁금해졌다. 밥은 잘 먹었으려나, 이런 날 숲은 더 추울 텐데, 숙소는 안전하겠지, 자다가 무서우면 어쩌지, 바닥은 따뜻하려나, 침낭 밑이 딱딱하지는 않나. 별의별 생각이 다 들었다. 핸드폰도 없어 문자도 못 보내고. 딸이 없는 집이 썰렁했다.

딸이 숲 학교에 등록한 지 한 달여 시간이 지났다. 일박 캠프는 일정의 마지막이었다. 코로나 때문에 보내기가 불안했지만, 딸의 행복한 모습을 보니 나도 즐거웠다. 학교로 가는 길은 아파트 건설 현장을 지나 산으로 올라가는 길의 중턱에 있었다. 산으로 둘러싸인 학교는 아이들의 진짜 놀이터였다. 숲에서 주워 온 나뭇가지, 잎, 돌멩이 등 자연물로 마당에 집을 지으며 비가 오면 진흙탕에서 온몸을 적시며 놀았다. 계곡을 따라 숲 깊숙한 곳까지 걸어 다니며 친구들과 물놀이도 하며 자연을 즐겼다. 아카시아 열매를 따다가 기름에 튀겨 향긋하고도 바삭한 간식을 만들어 먹기도 했다. 뽀얗던 딸의 피부가 햇볕에 까맣게 타는 시간 동안 딸의 꿈도 바뀌었다. 일러스트레이터에서 탐험가로. 탐험가라니! 너무 근

144

사하다. 자기만의 길을 개척하는 용기 있는 딸이 되기를 엄마인 나도 바라니까 말이다. 새벽 6시, 눈이 떠지고 핸드폰을 본다. 밤새 무슨 일이 있지는 않았는지 메시지부터 확인한다. 밤이 지났다는 안도감에 비로소 여유를 찾은 엄마의 모습이 된다. 커튼 사이로 들어오는 환한 햇살에 마음이 놓인다. 집으로 돌아오는 길, 딸의 얼굴이 생기가 있다. 엄마는 하나도 안 보고 싶었고 잠만 잘 잤단다. 얼마나 재밌게 놀았는지 이야기가 끝이 없다. 비를 맞으며 숲에서 뛰어놀던 시간을 잊지 못하겠지.

어릴 적 친구와 개발한 놀이가 있다. 일명 '싹싹이' 게임이다. 이 게임의 임무는 집에서 출발하여 아파트 단지 안에 있는 슈퍼에 도착할 때까지 아무에게도 우리 모습을 들키지 않는 것이다. 누군가 우리를 발견하면 처음부터 다시 시작해야만 해서 나는 친구 뒤를 콩닥콩닥하며 따라다녔다. 4층에 있는 친구 집에서 계단을 슬금슬금 내려와 1층에 있는 경비 아저씨가 있는 초소 앞을 엎드려서 지났다. 슈퍼로 가는 계단 대신에 화단을 밟으며 행여 누군가 볼까 봐 한 발짝씩 발을 떼며 나무 뒤로 숨기도 했다. 간혹 지나가는 사람이라도 있을 땐 숨소리도 내지 않고 동작을 멈출 것! 마치 비장한 스파이가 된 것처럼 행동하는 우리가 웃기기도 하고 신나기도 했다. 여러 번의 발각될 위험을 무릅쓰고 무사히 슈퍼에 도착하면 임무는 끝났다. 친구가 이끄는 대로 따라 했던 나는 긴장도 되고 무섭기도 했지만 늘 희한한 놀이를 개발하는 친구 집에 매일 놀러 갔다. 매번 새로운 탐험가가 되어 아파트 으슥한 곳에 우리만의 비밀 통로 만들기도 하고, 뒷산에 올라 울퉁불퉁한 돌멩이와 나뭇가지를 모아 아지트를 짓기도 했다. 그럴 때마다 나는 새로운 내가 된 것 같은 기분이 들었다. 내가 상상하지 못했던 새로운 세상으로 성큼 들어간 느낌이었다. 딸이 숲속 학교에서 지내는 동안 어릴 적 친구와 놀았던 때가 생각이 났다. 모험을 즐기는 어릴 적 우리의 모습을.

드레스를 입고 노 하나를 들고 길을 떠난 여자가 있다. 남들 다 하는 결혼을 하기 위해 짝을 찾아 나선 신부다. 짝을 만난 사람들은 배를 타고 노를 저어 어디론가 간다. 하지만 노 하나만 가진 그녀는 배를 탈 수가 없다. 발길을 돌려 산으로 가서 또 다른 배를 찾아 나서지만 타고 싶은 배가 없다. 모두가 똑같은 드레스를 입은 신부가 가득한 배, 호화로운 유람선도 있었지만 타지 않는다. 가진 노 하나로 다른 사람을 도와주면서 자신이 가진 것을 깨닫는다. 하나뿐인 노로 요리도 하고, 과일도 따고, 격투도 한다. 야구팀에 들어가 홈런도 친다. 배를 젓는 노가 야구 방망이로 변하는 순간이다. 이제 노는 자신만의 고유한 것이 되었다. 이제 그녀는 자신의 의지대로 산다. 조금도 망설이지 않고 새로운 곳을 향해 떠나는 모습이 마지막 그림이다. 오소리 작가의 그림책 『노를 든 신부』의 이야기다.

　『노를 든 신부』를 읽으며 새로운 장소를 찾아 탐험을 즐겼던 어릴 적의 나와 탐험가를 꿈꾸는 딸을 생각한다. 일단 모험을 떠나려면 마음부터 먹어야 한다. 익숙한 곳에서 벗어나려면 두근거리는 마음도 들지만 두려운 마음이 더 앞선다. 일단 첫발을 디디면 중도에 포기하거나 돌아가지 않는다. 이것저것 시행착오도 겪는다. 좌절의 순간도 온다. 주저앉고 싶지만 견디며 계속 길을 간다. 그러면서 내 모습을 알아간다. 태풍 속에서 한밤을 지낸 딸의 얼굴이 환하다. 이젠 딸에게 더 많은 자유를 주어야겠다고 다짐한다. 내가 할 일은 딸 옆에서 조용히 응원해주는 것이다. 숲길을 걷는 탐험가처럼 이곳저곳을 주저하지 않고 다른 길로도 갈 수 있는 용기가 있는 사람이 되기를. 뚜벅뚜벅 내 의지대로 사는 삶을 살아갔으면 좋겠다. 딸과 함께 나도 나다운 삶을 찾아 나가는 사람이 되어야겠다.

좋 은 기 운 을 주 는 사 람

"도를 아십니까?"

대학생 때 강남역을 지나면 꼭 다가와서 말을 거는 남자들이 있었다.
걸어가는 길을 막고 앞에 서서 갑자기 말을 거는 그 남자의 기운이 수상
해 멈칫거리면 바로 말을 이어갔다.

"얼굴에 좋은 기운이 모여 있어요. 눈에 영롱한 기운이 있네요. 기가
맑으시네요."

대꾸하지 않으면 말을 멈추지 않고 계속 따라오는 통에 발걸음을 몇 배나 빠르게 걸어야 했지만 내심 속으로는 '진짜 그럴까?' 하며 왠지 믿고 싶어졌다. '나는 영롱한 여자야.' 하면서.

친구랑 심심풀이로 점을 보러 가면 "얼굴이 봉황상이네요." 하며 관상이 너무 좋아 앞길이 훤하다느니, 뭔가 큰일을 할 상이라느니 입에 발린 말을 잔뜩 듣고는 기분이 좋아져서 철석같이 그 말을 믿고만 싶었다. 친정엄마는 매년 초에 신년 운수를 보러 가신다. 그때마다 전화하셔서는 말씀하신다.

"올해는 정말 좋다네. 너도 류 서방도. 문서운도 있고, 돈도 들어오고! 너는 앞으로 건물 짓고 살 팔자래."

처음에는 믿었다. 엄마가 발품 팔아 정말 용하다는 점집에 가서 본 점이니까. 정말 모든 것이 다 술술 풀리기만을 바랐다. 남편의 직장 문제도, 돈 문제도, 나의 미래도. 꽉꽉 막혀 있던 운이 탁 트이는 순간을 기다렸다. 이제 결혼한 지 15년째다. 엄마가 말한 그 운은 도대체 언제 오는 건가. 오기는 오는 거겠지. 이사할 때도 손이 없는 날을 골라 하고, 집 안에 가구나 큰 물건이 들어올 때도 날을 정해 받는다. 큰 화분도 아무 날이나 집에 들이면 안 된다나. 새 차를 사면 막걸리를 사서 차를 향해 절을 하며 차 바퀴에 막걸리를 뿌린다. 차를 타는 동안 사고 없이 안전하게 운전하기를 바라는 마음이라는 건 안다. 이사할 때도 웬만하면 좋은 날짜에 하면 나쁘지는 않으니까. 결혼할 때도 좋은 날과 시간을 스님께 받아서 했고 잘 살 거라는 결혼 사주도 다 봤다. 신혼 때는 너무 까탈스럽게 따지는 남편과 싸웠다. 눈에 보이지 않는 운에 매달려 산다는 것이 이해되지 않아서였다.

'다 잘 살자고 하는 건데 뭐 어쩌겠어.'라고 이해하기 시작한 건 얼마 전부터이다.

좋은 장소에 가면 좋은 기운이 있다는 걸 믿고 싶은 사람들의 마음도 이해가 된다. 나도 마찬가지이니까. 복권을 사더라도 명당자리에서 사면 당첨 확률이 높아진다고 하니 사람 마음은 다 똑같다. 나쁜 운을 막고 좋은 기운을 빌어 더 건강하고 나은 삶을 살기 위해 우리도 세도나로 향했으니까.

미국 캘리포니아에서 동쪽으로 7시간 정도 차로 가면 애리조나주에 있는 세도나가 나온다. 볼텍스(vortex)라는 지구 에너지 파장을 가진 좋은 기가 몰려 있는 곳이라 전 세계 사람들이 그 기운을 받으러 온다고 한다. 남편이 가고 싶다고 말했을 때는 그냥 흘려들었다. 여행을 계획하면서 알아보니 인디언들이 성스럽게 지키던 땅으로 초자연적인 기를 받을 수 있는 곳이라고 했다. 사진으로만 봐서는 알 수가 없는 일! 요가나 명상하는 사람들이 터를 잡고 좋은 기운을 받으며 심기일전하는 곳이라니 가보고 싶어졌다. 게다가 아픈 사람도 낫게 해준다는 명당이 있다고 하니 장거리 여행임에도 사람들로 문전성시를 이룬다고 한다. 여행 며칠 전부터 책과 인터넷을 뒤져 꼭 가봐야 할 곳 몇 군데를 지도에 표시해 두고, 이른 새벽 세도나를 향해 출발했다. 새해맞이 좋은 기운 받기 프로젝트였다. 끝없이 펼쳐진 지루한 길을 오랜 시간 달려가니 눈앞에 장관이 펼쳐졌다. 붉은 사암으로 만들어진 웅장한 바위들이 도시 전체를 두르고 있었다. 어디를 봐도 탄성이 절로 나왔다.

이른 아침 숙소를 나와 세도나에서도 제일 좋은 기운을 뿜어낸다는 장소에 갔다. 붉은 흙을 밟고 올라가는 숲길, 우거진 나무 아래를 천천히 걸어가면서 좋은 기운이 내 안에 듬뿍 들어오기를 바랐다. 씩씩한 발걸음으로 성큼성큼 앞을 향해 걸어가니 거대한 바위산이 눈앞에 보였다. 사람들은 바위를 오르락내리락하며 멀리 보이는 풍경을 감상하고 있었다. 양기와 음기가 모여 있다는 곳. 딱딱한 돌 위에 엉덩이를 딱 붙이고 앉았다. '여기 앉으면 영험한 기운이 내 몸에 스며들겠지.' 하는 마음으로. 아들은 천방지축 돌 사이를 건너뛰어 다녔다. "바로 밑이 낭떠러지라고!" 소리를 꽥 질렀다. 갑자기 어딘가에서 맑은 소리가 들려왔다. 할아버지 한 분이 바위산 꼭대기에서 피리를 불고 있었다. 인도의 명상 수행자 같은 모습으로. 피리 소리가 잔잔하게 들리니 내 마음도 차분해졌다. 바위에 앉아 탁 트인 눈앞의 광경을 보니 숙연해지고 눈물이 그렁그렁해졌다. 가만히 눈을 감았다. 지지고 볶고 미워하고 힘들었던 내 마음이 보였다.

좋은 기운이라는 것은 받기도 하지만 내가 줄 수도 있는 것이다. 내가 알 수 없는 그 신성한 기운을 믿지 않는 건 아니다. 좋은 장소에 가면 기분이 좋아지고 좋은 사람들을 만나면 긍정적인 에너지를 받게 된다. 멀고도 생소한 땅 세도나 바위에 걸터앉았다. 눈앞에 광활한 땅이 끝도 없이 펼쳐져 저 멀리 하늘과 맞닿아 있었다. 내가 앉은 곳에서 보는 하늘엔 하얀 구름 덩어리가 쏟아질 듯 흘러내렸다. 유유히 흘러가는 구름처럼 내 마음도 편안해졌다. 결국 좋은 기운은 밖으로부터가 아니라 내 안에서 만들어가는 것이었다. 넉넉한 마음으로 내 주변 사람들에게 좋은 기운을 전하는 사람. 때로는 엉망진창인 기분이 들어도, 불쑥 짜증 나고 뾰족해진 마음이 들어도 툭 털어버리며 매일 노력해가는 사람. 모난 마음 둥글게 다듬어 좋은 기운을 만들어가는 사람이 되고 싶다.

그러다 보면 정말로 내 얼굴에 영롱한 기운이 감돌지도 모르는 일이니까.

제4장

되고 싶은 나를 위한 일상

나만의 루틴이 있나요

영화 〈패터슨〉의 주인공 패터슨은 미국 뉴저지주 작은 동네에 사는 버스 운전사이다. 그는 매일 같은 시간에 일어나 일하고 퇴근하면 아내와 저녁을 먹고 애완견을 산책시킨다. 동네 작은 술집에 들러 맥주 한잔을 하고 집으로 돌아와 하루를 마무리한다. 영화는 일주일 동안 그의 잔잔한 일상을 보여준다. 별다른 것 없는 반복되는 하루가 지루하게 느껴지기도 한다. 하지만 패터슨은 평범함 속에서 특별함을 발견해낼 수 있는 사람이다. 식탁 위에 놓인 성냥갑에서, 버스 승객들의 대화에서, 길을 지나가다 마주치는 모든 것에서 글감을 찾아 시를 쓴다. 자기만의 노트에 빼곡히 적어 내려간 시, 패터슨은 시인이었다.

패터슨처럼 나의 일상도 단순하다. 특별한 일이 없는 한 거의 매일 똑같다. 알람 소리를 듣고 일어나 금강경을 읽고 노트에 모닝 페이지를 적는다. 아이들을 깨우고 아침을 준비하고 나서 아들 학교까지 함께 걷는다. 돌아오는 길은 조금 더 먼 곳으로 돌아 동네를 한 바퀴 산책한다. 들어오면 어질러진 집을 대충 정리하고 커피와 간단한 아침을 차려 먹는다. 그러고는 내 책상에 앉는다. 어제 읽다 만 책을 집어 들어 읽기도 하고, 노트북을 켜서 블로그에 글을 올리기도 한다. 가계부에 어제 쓴 내용을 정리하고 오늘까지 꼭 해야 할 일을 끄적끄적 적어보기도 한다. 나만의 모닝 루틴에 꼭 해야 하는 일은 책 읽기와 글쓰기다. 예전에는 욕심을 내서 여러 가지 많은 일을 루틴에 넣었다가 너무 힘들어 중간에 포기한 적이 있다. 하고 싶은 일은 많지만 무리하다 보면 중간에 그만할 수도 있다. 꼭 중요한 일들을 몇 가지만 집중해서 루틴에 넣는다. 최대한 하루 루틴은 단순하게 계획하고 하루 못하는 날이 있더라도 다음날 또다시 시작하면 된다.

좋은 습관을 만들기 위해 많은 모임에 기웃거리기도 했다. 새벽 기상 모임, 한 달에 한 권 벽돌 책 읽기 모임, 영어 낭독 모임, 매일 글쓰기 모임 등. 내가 관심 있는 일들을 꾸준히 하기 위해서는 혼자가 아닌 여럿이 함께하는 모임에서 동기부여를 받는 것도 도움이 된다. 꼭 해야 한다는 의무감으로 참여하는 것보다는 내가 정말 바라고, 즐겁게 할 수 있는 일을 찾아 꾸준히 이어가는 것이 좋다. 그래야 오래 할 수 있다.

　나처럼 아침잠이 많은 사람에게 꼭 필요한 것이 '새벽 기상 모임'이었다. 먼저 내가 원하는 기상 시간을 정하고 여러 사람이 있는 카톡방에 인증 사진을 올렸다. 처음에는 알람 소리만 들으면 벌떡 일어나 핸드폰으로 사진을 찍어 인증했다. 혼자 했으면 아마 하루도 못 가서 포기하고 말았을 것이다. 몇 번 일어나지 못한 날도 있었지만 함께 이어가니 가능했다. 처음부터 무리하게 일찍 일어나려 하지 말고 평소보다 조금 일찍 일어난다는 생각으로 하면 덜 부담이 된다. 영어 낭독 모임도 마찬가지다. 혼자서 꾸준하게 영어 공부하는 것이 힘들어 신청했다. 그날 공부해야 하는 분량을 여러 번 읽어보고 낭독한 것을 녹음해서 인증하는 공부 모임이었다. 처음에는 내 목소리를 녹음해서 올리는 것이 쑥스러웠지만 매일 꾸준히 1년 동안 계속할 수가 있었다. 루틴이 확실히 자리 잡기 전까지는 '함께'하는 사람들의 힘을 빌려 하는 것이 좋다. 두꺼운 책을 한 달에 한 권 같이 읽는 온라인 모임에 참여한 적이 있다. 혼자 읽었으면 힘들었을 텐데 매일 한 챕터씩 읽고 인상 깊은 문장을 골라 짧은 단상을 써서 공유했다. 단상이 어설퍼도 공감해주는 사람들이 있어 꾸준히 이어갈 수가 있었다. 글쓰기도 마찬가지다. 매일 블로그 글쓰기 모임, 매일 쓰기 모임에 참여하며 무조건 하루에 한 번은 노트북을 펴고 글쓰기를 했다. 완성도는 생각하지 않고 일단은 쓰는 행위에 집중해서 글 쓰는 습관을 만들었다. 처음에는 어떤 글을 써야 할지 몰라 딱 두 줄 올려놓고 민망했던 기억이 있다. 하루 한 줄이라도 일단 시작하는 것, 루틴 만들기의 시작이었다. 몇 년 동안 다양한 모임에 참여하고 도전해보고 관심 가지며 이것저것 시도해보았기 때문에 지금의 루틴이 만들어졌다. 시간이 지나면서 넣을 것은 넣고, 뺄 것은 빼며 나에게 맞는 루틴을 찾아간다. 루틴은 '내 시간을 꼭 갖겠어.' 결심하는 것이다. 내 일상을 계획하고 잘 살아가겠다는 의지이다. 바쁘고 정신없는 날이 많지만, 이것만큼은 계속 이어가겠다는 자신과의 약속이다. 단련하는 마음이다. 소설가 무라카미 하루키는 매일 새벽 4시에 일어나 몇 시간 동안 쉬지 않고 글을 쓴다고 한다. 오후에는 운동하고 저녁 9시에 잠자리에 든다. 단순하고 규칙적인 일과의 반복. 자기 일에 몰입하여 성과를 내는 사람들은 규칙적인 루틴이 있다. 하루 1시간이든 2시간이든 매일 그 시간만큼은 나를 위해 공부하고 운동하고 도전한다.

비슷한 일상을 살면서 내가 할 수 있는 일은 평범한 루틴 속에서 특별함을 찾는 일이다. 패터슨이 매일 똑같은 노선을 운전하고 같은 길을 걸으며 산책하는 삶에서 시를 짓는 것처럼 우리도 일상에서 즐거움을 찾을 수 있다. 키우던 강아지가 패터슨의 시 노트를 다 물어뜯어 그동안 썼던 시가 다 없어졌을 때도 패터슨은 다음날 그날의 할 일을 한다. 하루 루틴이 모여 내 일상을 만든다. 하루쯤은 계획 없이 마음 가는 대로 살고 싶은 날도 있지만 눈뜨면 무조건 생각나는 일이 있다는 게 좋다. 루틴은 내가 억지로 만드는 것이 아니라 내가 하고 싶은 일을 우선순위로 놓는 일이다. 단순한 반복이 주는 위안도 있고 매일 하면서 쌓여가는 기쁨도 크다. 루틴은 어제보다 나은 오늘을 만들기 위한 노력이다. 우울하거나 힘들 때 '오늘 하루쯤은….' 하며 엉망인 날을 만드는 것보다 '오늘도' 하며 나만의 루틴을 이어갈 때 다시 에너지를 얻게 된다.

다이어리를 펼쳐 메모하는 것으로 하루 루틴을 시작해본다. 오늘은 나도 특별함을 찾아 글 한 편을 쓸 수도 있겠다.

20대였을 때, 40 넘은 아줌마들을 보면 인생의 뭔 낙이 있으려나 싶었다. 마흔 이후의 삶은 아무런 즐거움도 의미도 없을 거로 생각했다. 그 나이쯤엔 적당히 원하는 대로 살며, 인생의 고민과 고통은 없는, 어쩌면 가장 편안하게 사는 시기가 아닐까 상상도 했다. 하지만 나이 40에 이혼한 엄마는 참 힘들어 보였다. 스무 살에 결혼해 나랑 동생을 키우느라 청춘을 다 바쳤는데, 안정된 삶을 살아야 할 때 엄마는 다시 혼자가 되었다. 경제적으로도 힘들었겠지만, 엄마 마음이 얼마나 지치고 아팠을까? 그때는 헤아리지 못했다. 내 나이 40엔 둘째를 임신하고 낑낑거릴 때였다. 노산에 체력은 바닥이라 매일 누워만 있었을 때 엄마를 생각했다. 나를 다 키워놓고 다시 혼자가 된 엄마를. 난 아직도 모르는 것 투성이고, 어리바리한 어른일 뿐인데 엄마는 내 나이에 나보다 훨씬 어른이었겠다고.

나도 중년이 되었다. 뒤에서 누가 '아줌마'라고 불러도 어색하지 않을 나이. 과일가게 아저씨가 거스름돈을 건네며 '아줌마. 여기요!' 외치면 얼마나 화가 나는지. 아직도 철이 덜 든 중년이다. 내 청춘이 이렇게 금방 사그라드는 게 억울하다가도 어느새 쑥 자란 아이들을 보면 이제 어른이 된 것이 실감이 나기도 한다. 나이가 든다는 것은 야무지고 무슨 일이든 씩씩하게 다 받아들이며 인생의 고통을 슬기롭게 해결해 나가는 '정신적으로 성숙한 어른'이 돼가는 일 같기도 하다. 난 그런 어른인 걸까. 하지만 난 아직도 다른 사람들의 말 한마디에 소심해지고, 화도 더 많이 내고, 자주 울음을 터트리고, 어떻게 살아야 하는지 갈팡질팡하는 덜 성숙한 어른이다. '내가 다시 젊어진다면?', '내가 결혼을 안 했다면?'이라고 자주 상상하고, 하루하루 나이 들어가는 날들이 두렵기도 하다. '멋지게 나이 들어가는 법' 기사에 눈이 번쩍 떠져 냉장고 앞에 붙여 놓기도 하고, 몸에 좋은 영양제를 찾아 먹기도 한다. 종합 영양제도 부족해서 관절에 좋다는 약과 피부 탄력을 위한 콜라겐까지 먹는 약도 많아지고 있다. 얼굴 팩 백날 해봤자 늘어진 피부와 기미는 어쩔 수 없지만 아직 포기는 할 수 없다며 미백이니 탄력이니 하는 화장품을 사다 쟁이고, 근육 없는 다리를 위해 아파트 계단을 오르내리며 '나이를 신경 쓰는' 어쩔 수 없는 아줌마가 되었다고나 할까. 내 나이는 50. 아무리 만 나이로 따져봐도 피할 수 없는 아줌마가 맞다.

크리스마스 분위기가 물씬 나는 스타벅스에 앉아 커피를 마셨다. 빨강 앞치마를 두른 점원들이 밀려든 주문으로 분주하게 커피를 내리고 있었다. 주문받아 계산하는 사람, 커피 원액을 뽑아 우유를 붓고 얼음을 가득 넣은 아이스 라테 만드는 사람, 거품 기계에서 뿌연 연기를 뿜으며 뜨거운 커피 만드는 사람들. 주말이라 그런지 커피 주문을 해놓고 기다리는 사람들이 엄청 많았다. 삼삼오오 짧은 탱크톱을 입고 긴 머리를 찰랑거리며 웃고 있는 딸 또래의 아이들, 아이에게 줄 음료를 주문하는 젊은 아빠, 주문을 확인하며 말을 건네는 금발 머리의 청년. 창밖의 반짝이는 조명을 보며 크리스마스 분위기의 재즈 음악을 들으니 나도 그들처럼 생생하고 자유로운 젊은이가 되고 싶어졌다. 빨강 앞치마를 두르고 손님들과 자연스럽게 영어로 대화하며 즐거운 표정으로 일하고 있는 생기 넘치는 내 모습을 상상하며.

상상은 상상일 뿐. 현실의 나는 '내 커피는 언제 나오나요? 주문이 잘

못된 것 같아요.'라는 영어를 속으로 수십 번 되뇌며 쭈뼛거리며 말할 타이밍을 찾는 소심한 아줌마일 뿐이다. '나도 한때는 이랬지.'라는 말을 해도 이상하지 않은, 누가 보기에도 영락없는 아줌마. 상상의 세계에서 다시 현실로 오면 이제는 만성 어깨 통증과 갱년기 증상과 노안을 신경 써야 하는 나이다. 딸이 요즘 좋아하는 노래를 듣다가 90년대 내가 무한 반복해 듣던 전람회의 〈기억의 습작〉과 조정현의 〈그 아픔까지 사랑한 거야〉가 그리워지고 그 노래를 듣던 내 나이와 지금 내 나이 사이의 세월이 순식간에 휙 지나가 버린 것에 매번 놀라는, 생일 초를 다 꽂지 못하고 영원히 큰 초 4개만 꽂을 거야 다짐하는 나. 나이가 든다는 건 아쉬움일까, 두려움일까, 그리움일까.

그럼에도 나는 지금의 내가 좋다. 우왕좌왕했던 청춘의 시절을 보냈기 때문일까. 매일 특별한 것 없는 반복되는 일상을 사랑한다. 거의 비슷한 시간에 비슷한 일을 하는 하루가 주는 평온함도 좋다. 어쩔 수 없이 일상의 균열이 깨지는 하루도 더러 있지만 나는 다시 제자리로 돌아온다. 매일 비슷한 시간에 잠을 깨고 커피를 내리고 책을 읽고 산책하러 나가는 나의 일상. 나의 평범한 일상을 지루하다고 생각하는 사람도 있겠지만 나에게는 그런 똑같은 일상의 반복이 위안을 준다. 큰 용기가 필요하지 않더라도 조그만 용기를 내면 되는 소소한 일들. 말하자면 '오늘은 공원 밖으로 조금 더 걸어야지.', '오늘은 자기 전 요가를 꼭 해야지.', '오늘은 서점에 가서 씩씩하게 영어로 책을 사봐야지.' 하는 것들.

스타벅스에서 빨강 앞치마를 두르고 일하는 일은 아마도 앞으로는 없을지도 모르지만, 그곳에서 따뜻한 커피를 마시며 순간을 즐기는 일만으로도 충분하다. 누군가는 모두가 꿈꾸는 성공에 도전하는 것이 의미 있는 성장이 아니겠냐고 말할지 모르지만 나는 내 세계에서, 내 방식대로 몰입하며 좋아하는 일에 빠지는 것이 더 큰 기쁨을 준다. 큰 이벤트를 바라지 않고 매일 같은 일을 하며 즐기는 삶. 나이가 든다는 것은 나에게 너그러워지는 일이 아닐까. 빨리해야 한다고 재촉하지 않고 기다려줄 수 있는 마음을 갖는 것. 조금 서툴러도 '괜찮아.' 말할 수 있는 나. 마음이 너른 사람으로 자연스럽게 나이 드는 어른이 되고 싶다.

작 은   기 쁨

딸과 함께 장 보러 마켓에 갔다. 들어서는 입구에 화사한 꽃들이 가득
했다. 꽃을 고르는 사람들 사이에 서서 한참을 구경했다. 여러 가지 꽃들
을 섞어 놓은 꽃다발도 많았지만, 딸과 나는 튤립에서 눈을 떼지 못했다.

"우리 꽃 살까?" 했더니 딸이 좋아한다. 활짝 피지 않은 꽃봉오리들이
옹기종기 모여 있다. 옅은 분홍부터 빨강, 보라, 오렌지 빛이 나는 튤립
까지 색깔도 다양하다. 바구니에서 제일 마음에 드는 다발을 골라 장바
구니에 담았다. 튤립을 사는 건 처음이다. 특별한 날은 아니었지만, 마음
까지 화사해졌다. 집에 가져와서 비어 있는 꽃병에 대충 가지를 잘라 꽃
아 두었다. 볼 때마다 "아, 예뻐!" 한다. 식탁에 두고 일주일 동안 활짝 피

고 잎을 다 떨굴 때까지 감탄하며 보았다. 10불의 작은 행복이었다. 미국에서는 꽃을 쉽게 살 수가 있었다. 마켓에 가면 저렴한 가격에 살 수 있어 더 좋았다. 꼭 누구를 위한 선물이 아니더라도 나를 위해, 친구의 생일날 가끔은 한 다발씩 골라 사곤 했다.

『올리브 키터리지』는 바닷가 작은 마을에 사는 사람들의 소소한 이야기다. 전직 수학 교사인 올리브를 중심으로 겉으로는 평온해 보이지만 복잡하고 불안하고 힘들어하는 삶의 이면에 대해 담담하게 묘사하고 있다. 크고 작은 인생의 굴곡을 견디는 사람들의 인생 이야기를 읽으며 살아간다는 것은 고되고 힘든 일상에서 작은 기쁨을 찾아 견디는 것이라는 의미를 알게 된다. 행복한 아들의 결혼식 날에도 며느리에 대한 질투와 미움의 감정이 있는 올리브의 마음은 복잡하기만 하다. 빨리 파티가 끝나고 자기의 커피 취향을 알고 있는 던킨도너츠에 들러 쉬는 것을 원한다. 올리브는 생각한다. 큰 기쁨은 결혼이나 아이처럼 인생이라는 바다에서 삶을 지탱하게 해주는 일이지만 위험하고 눈에 보이지 않는 해류가 있다고. 그래서 작은 기쁨이 필요하다고 생각한다.

두 아이가 태어난 것은 나의 가장 큰 기쁨이었다. 늦은 나이에 결혼해서 임신하고 출산하는 과정은 어떤 기쁨보다도 설레는 기쁨이었다. 아이를 키우는 것은 어떤 것과도 비교할 수 없는 큰 기쁨이었지만 육체적으로나 정신적으로 많은 스트레스를 받았다. 몸이 지치고 힘드니 마음은 더 오르락내리락했다. 사춘기 딸과의 다툼도 에너지 많은 아들을 쫓아다니는 것도 버거웠다. 하루에도 기분이 열두 번씩 바뀌었다. 어떤 날은 한없이 관대해지고 어떤 날은 날이 서서 아이들에게 불편한 마음을 모진 말로 표현했다. 결혼 생활도 마찬가지다. 좋은 관계를 계속 유지하며 사는 것은 만만한 일이 아니다. 성격이 안 맞아도 이렇게 안 맞나 싶어 마음 수행도 해보면서 다스려보지만 그때뿐이다. 사람은 변하지 않는다고 하더니 나도 남편도 꿈쩍하지 않는다. 살다 보니 큰 기쁨을 맞이하려면 그 뒤에 있는 자잘하고도 복잡한 문제들을 모두 포함하여 견딜 수 있는 마음이 있어야 함을 깨달았다. 그래서일까. 나이가 들수록 큰 기쁨보다 일상의 작은 행복을 찾는 것이 좋아졌다. 젊었을 때는 큰 이벤트가 많아야 행복한 줄 알았다. 좋은 동네에 집 사기, 돈 많이 벌기, 해외여행 많이 다니기 등.

TV에서 트로트 가수 임영웅 콘서트 영상을 보던 친정엄마가 말한다.

"쟤는 정말 지 이름처럼 영웅이 됐어. 돈을 얼마 번 거야." 돈은 저렇게 벌어야 한다며 부러운 눈길 가득한 엄마에게 나도 한마디 거들었다.

"얼굴도 잘생겼지, 아직 30대지. 좋겠다." 유명한 가수가 되기까지 얼마나 많은 고생을 했을까 상상하기 전에 지금 잘 나가는 모습만 보면 살짝 배가 아프다. 생활비 걱정에 가계부 쓰며 한숨만 내쉬는 나와 얼마나 다른 삶을 살고 있을까 비교도 왕창 한다. 한때 내 기쁨은 돈이었다. 돈이 목표가 된 적도 있다. 돈을 많이 벌고 싶은 마음은 여전하다. 하지만 한 번에 얻게 되는 한 방은 없다는 걸 안다. 내가 좋아하는 일을 하고 몰두할 때 돈도 따라온다고 믿는다. 목표를 이뤄나가는 과정에서 생기는 소소한 기쁨을 놓치고 살고 싶지는 않다. 고요해진 밤 책상 위 아로마 오일 몇 방울 떨어뜨린 디퓨저 향을 맡으며 글 쓰는 이 시간 행복하다. 책상 위에 새로 산 책들이 가득 쌓여 있는 그런 날. 기쁨이 뭐 별건가. 냉장고에 시원한 맥주 한 병 있으면 무지 행복하고!

집에 머물러 있는 시간이 많은 요즘 같은 날들엔 '작은 기쁨'을 구하는 일이 중요하다. 꾸벅 졸리는 시간에 나를 위한 시원한 아이스 커피 한 잔을 만드는 일, 토스터에서 방금 구운 식빵에 내가 좋아하는 버터를 쓱쓱 발라 설탕을 뿌려 먹는 일, 알라딘에서 읽고 싶은 책들을 잔뜩 장바구니에 담는 일, 아이들이 잠든 후 보고 싶었던 드라마를 맥주 홀짝거리며 보는 일, 시원한 마스크 팩을 얼굴에 올려놓는 일, 앞산에 올라 흐르는 계곡물에 발 담그며 멍때리는 일. 따뜻한 햇볕을 느끼며 편한 운동화를 신고 동네를 어슬렁거리며 산책하기, 작은 카페에 들러 커피를 테이크아웃하기, 서점에서 예쁜 그림책 한 권 사기, 아이들과 해가 저무는 공원 걷기, 친구와 미술관 가기, 금요일 밤 느긋한 마음으로 와인 한잔 마시기, 좋은 사람들과 브런치 카페 가기, 공원에서 달리기 등.

요즘 나에게 '작은 기쁨'은 선선해진 저녁 시간에 아이들과 걷는 산책이다. 해가 뉘엿 넘어갈 무렵 밖에 나가면 붉은빛으로 물드는 석양을 볼 수가 있다. 한참 하늘을 쳐다보다가 저 멀리 자전거를 타고 앞으로 가는 아들을 부른다. 뛰다 걷다 하며 동네를 한 바퀴 돌면 숨이 헉헉 차지만, 시원한 저녁 공기를 마시며 아이들과 함께하는 시간이 좋다. 그건 아이들의 작은 기쁨이기도 하다. 나에게 없는 걸 찾느라 애쓰지 말고 오늘 내게 주어진 하루 중 '기쁨 발견' 촉을 바짝 세우고 찾아보면 발견할 수 있다. 나의 작은 기쁨들이 무엇인지. 큰 기쁨을 구하느라 애쓰지 말고 이런 작은 기쁨들로 내 삶을 꽉 채우고 싶다.

사이프러스 나무에게 배운 것

캘리포니아에서 살던 동네에는 사이프러스 나무가 많았다. 야자수가 있는 다른 동네와는 다르게 집 앞에는 늘 하늘로 솟은 사이프러스 나무를 볼 수 있었다. 사이프러스는 키가 큰 상록수이다. 다른 낙엽수들이 잎을 떨구는 겨울에도 변함없이 언제나 푸른 잎을 달고 있다. 다른 나무들보다 키가 훨씬 크지만 흔들림 없이 항상 곧게 서 있었다. 한여름에 나무를 올려다보면 태양 빛을 받아 이글거리는 것처럼 활기차 보이기도 했다. 비바람이 세게 치는 날이었다. 바람이 얇은 창문을 쿵쿵 때리고 소리가 심상치 않다고 느꼈던 아침 아들을 데려다주고 오는 길, 사이프러스 나무가 흔들리고 있었다. 키가 큰 나무라 조금만 기울어져도 휘청거릴

172

만큼 위태로워 보였다.

'너도 간밤에 힘들었구나.'

집 앞을 지날 때마다 휘어진 나무를 보니 마음이 쓰였지만, 한편으로는 위안이 되었다.

그즈음 나는 겉으로는 고요했지만, 속은 붉으락푸르락했다. 평소에는 그냥 지나쳐버릴 사소한 문제에도 발끈하게 되는, 불안하고도 우울한 마음이 며칠 계속되었다. 신경이 날카로워 누가 툭 건드리면 바로 폭발할 것 같은 마음이었다.

한국을 떠나기 전에는 두려움보다는 설렘이 앞섰다. 새로운 나라에서 산다는 것이 얼마나 힘들고 두려운 일인지 가서 살기 전까지는 잘 몰랐다. 익숙하지 않은 환경과 언어에 적응하는 일도 만만한 일이 아니었다. 밖에 나가도 영어가 자유롭지 않으니 더 위축되었다. 아이 학교 선생님과 상담하는 일, 은행에 가서 업무를 보는 일, 싱크대 하수구가 막혀 수리하는 일, 전기 요금이 너무 많이 나와 알아보는 일, 슈퍼마켓 점원에게 물어보는 일 등. 한국에서는 대수롭지 않게 처리했을 문제들이 모두 다 스트레스였다.

하나를 마무리하면 또 다른 문제가 생겼다. 하루도 그냥 지나가는 날이 없었다. '이 먼 나라까지 와서 고생이야.' 하는 마음은 남편에게 원망의 마음으로 돌아갔고 매일 마음이 이리 갔다 저리 갔다 갈피를 못 잡고 어지러운 채 시간이 지나갔다. 이 나이쯤 되면 다들 안정된 삶을 사는 게 아닌가 하는 마음은 남과 비교하는 마음으로 이어졌다. '왜 나는 아직 이 모양이지.' 자신을 자책하며 안으로 숨기 바빴다. 울퉁불퉁한 마음으로 나를 들여다보니 모든 것이 불만투성이였다. 지금 가지고 있는 것에 감사하지 않은 내 못난 마음이 보였다.

'나는 지금 많이 흔들리며 힘들구나.' 비바람에 흔들려 기울어진 사이프러스 나무를 보며 나를 들여다보았다. '내 마음이 딱 저렇게 기우뚱거리고 있구나. 힘든 게 당연하지. 괜찮아.'

나를 이해하며 인정하고 나니 경직되었던 마음이 조금씩 풀리기 시작했다. '꼭 잘 살아야겠다.'라는 한국을 떠나기 전 생각했던 비장한 마음을 버렸다. 그때 가졌던 막연한 희망의 마음도. 앞으로는 지금보다 덜 흔들리겠다는 굳은 다짐도 하지 않는다. 때로는 비바람에 나를 맡기고 흔들리는 것도 필요하다는 것을 이제는 안다. 너무 꼿꼿하게 서 있다가는 부러질지도 모르니까. 경직되어 있지 않고 유연한 마음으로 살아보자고 나무를 볼 때마다 생각한다.

사이프러스 나무는 화가 반 고흐가 즐겨 그리던 나무였다. 그가 생레미 요양소에 있을 때 매일 병원 밖에 나가 그리던 것이 보리밭과 사이프러스라고 한다. 그의 그림에서는 잔잔해 보이는 나무가 흔들리는 것처럼 보인다. 거친 바람이 부는 순간 격렬하게 흔들리는 나무의 모습이 힘들고 고통스러운 고흐의 마음 같다. 하늘을 향해 솟아오른 푸른 사이프러스 나무를 그리며 고흐는 무슨 생각을 했을까.

살다 보면 가슴이 쿵 하며 어디론가 혼자 떠나고 싶다고 생각할 때가 있다. 그럴 때는 아무것도 하고 싶지 않고, 사람들도 만나고 싶지 않다. 나는 뭐 하나 제대로 하는 것이 없구나! 자책도 하고, 지난 세월 후회도 한다. 다른 사람들의 삶과 비교하면 나만 더 초라해질 뿐이다. 그럴 때마다 툴툴 털어버리고 다시 힘을 낸 것은 이대로 주저앉고 싶지 않다는 마음 때문이었다. 자존감이 바닥에 떨어져서 한동안 의욕이 없다가도 읽고 싶은 책이 생기고, 따뜻한 커피 한 잔이 그리운 날이 오면 다시 불끈 용기가 생겼다. 생각해보니까 삶을 살아가게 하는 힘은 대단한 것이 아니었다. 내가 좋아하는 것을 꾸준히 할 수 있다는 마음, 옆에 사랑하는 아이들이 있다는 것으로 충분히 감사할 일이었다. 눈앞에 보이는 사이프러스 나무가 고흐에게는 위안과 희망의 상징이었던 것처럼 내게도 희망을 주는 그 무언가가 있을 때 다시 살아 나갈 힘을 얻는다. 나만 힘든 게 아니구나 하는 마음은 때로는 위안이 된다. 삶은 원래 그런 거라고, 누구나 크고 작은 문제들을 안고 사는 거라고 하는 말도. 남의 탓이 아니라 내 탓이라 생각하고 인정하니 훨씬 마음이 가벼워졌다. 내 마음만 바꾸면 되니까. 미워하는 마음도, 원망스러운 마음도 옅어졌다.

매번 잘하려고 애쓰지 말고 때로는 힘을 빼며 사는 것도 필요하다. '이것 또한 지나가겠지.' 하고 매일 꾸준히 하던 일을 계속하는 것으로 다시 힘을 얻는다. 오늘은 햇볕에 이글이글 타오르는 사이프러스의 푸르름을 본다. 비바람에 흔들거렸던 나무가 뜨거운 태양 아래에서 다시 하늘로 솟아 진한 초록빛을 내고 있다. 지금은 절망할 때가 아니라며 '나는 계속 그림 그리는 사람이야!' 속으로 다짐하며 계속 그림을 그렸을 고흐가 보인다. 사이프러스 나무를 보며 나도 다시 힘을 낸다.

오 후 3 시 의 그 녀

오후 3시쯤 산에 오를 때면 보게 되는 그녀가 있다. 날씬하고 키도 큰 그녀는 혼자 산에 오른다. 어쩌다 한두 번 산에 오르는 사람 같지는 않다. 자신 있게 앞을 보고 걸어가는 모습만 봐도. 걸음걸이도 야무져서 늘 성큼성큼 빠른 속도로 내 앞을 휘리릭 지나갔다. 보통은 아이들과 함께 산에 오르는 나는 걸음이 더디었다. 10월에만 서너 번쯤 그녀를 만났다. 내 짐작으론 매일 비슷한 시간에 집을 나와 산으로 향하는 것 같았다. 같은 아파트에 사는 그녀의 뒷모습을 볼 때마다 '나도 혼자 산에 오른다면.' 하는 상상을 했다. 가을 오후 3시면 거실 한쪽으로 빛이 비스듬히 들어올 때이다. 적당히 한가롭고 노곤해질 시간. 집에 있으면 꾸벅 졸고 있기도 하고 환하게 비추는 거실 바닥 위의 먼지가 심란해 괜히 부직포 청소대를 들고 왔다 갔다 할 시간이다. 일곱 살이었던 아들이 유치원을 그만두면서 자유시간을 잃어버린 나는 그녀를 보고 마음을 먹었다.

'나 혼자만의 오후 3시를 즐기자.'

11월의 첫 주부터 아들은 분주해졌다. 월, 목은 피아노 레슨, 화요일은 축구, 수요일은 미술. 거의 똑같은 시간 오후 3시면 나는 자유부인이 되었다. 수요일 일이 있는 날을 빼면 일주일 중에 3번은 나도 홀로 산에 오르는 여자가 되었다. 첫째 날, 아들을 축구학원 차에 태우고 산으로 향했다. 그날따라 왜 이리 바람이 매서운지, 얇은 패딩을 입고 산으로 들어가는 마음이 스산했다. 휴대전화의 헬스 앱을 켜니 운동을 시작하는 알람이 울렸다. 숲으로 들어가니 익숙한 은행나무 숲이 나왔다. 등산객들이 떨어진 은행잎을 배경 삼아 열심히 사진을 찍고 있었다. 나도 걸어가는 내 그림자와 은행잎을 하나로 담아보았다. 햇살이 내리쬐는 은행나무 숲을 걸으니 금방 마음이 노곤해졌다. 흙길을 오를 땐 예전처럼 조금 무서운 기분도 들었지만 씩씩하게 성큼성큼 앞으로 걸어 나갔다. 조금 숨이 차기도 했지만 내가 좋아하는 음악을 들으며 홀로 산길을 걸어가는 기분이 괜찮았다. 그날의 목표는 약수터까지였다. 아스팔트 길로 오르자 간

178

간이 혼자 산을 오르는 사람들이 보였다. 긴장을 늦추고 그제야 주위의 것들이 눈에 들어왔다. 초록에서 가을빛으로 물들어가는 숲의 기운, 쨍한 햇살, 툭툭 떨어져 이미 속을 보이는 밤송이. 나무 위로 쪼르륵 올라가는 청설모가.

일단 숲으로 한 걸음 디뎌야 볼 수 있는 것들이 있다. 멀리서 바라만 볼 땐 그저 숲일 뿐인데, 숲으로 들어오면 숲은 그다지 무서운 곳이 아니다. 한 발짝 들어오는 것과 바라만 보는 것은 다르다. 숲으로 들어오는 사람만이 숲의 진짜 모습을 볼 수 있으니까. 맑은 소리와 바람, 비 온 뒤 축축한 낙엽이 쌓여 있는 흙길의 느낌을. '사진을 찍느라 산에 오르는 것에 소홀해지면 안 되지!' 하며 마음을 다잡고 씩씩하게 앞으로만 향했다. 하나둘 보이던 등산객들도 거의 보이지 않고 흐르는 물소리, 바람 소리, 내가 밟는 낙엽의 바스락거림만 귀에 들어왔다. '캬!' 하며 하늘 한번 쳐다보고 가을 숲을 감상하며 홀로의 산행을 즐기던 내 마음은 점점 사그라들고, 혼자 아무도 없는 숲길을 올라가는 내 마음은 점점 쪼그라들었다. 뒤에서 누가 성큼성큼 올라오는 소리에도 나도 모르게 무서워졌다.

헉헉거리며 올라가는 길에 한쪽 다리가 불편하신 분이 조금씩 안간힘을 쓰며 내려왔다. 한 눈에 보기에도 혼자 산을 오르고 내려가는 모습이 힘이 들어 보였다. 그분을 지나쳐 올라가니 바람이 더 쌩하니 불었다. 귓불과 손끝이 바람 때문에 아렸다. 지나가는 사람이 아무도 없었다. 오늘은 약수터까지가 목표였는데 나의 야심에 찬 세시의 산책길은 30분 만에 끝나고 말았다. 혼자 올라가다 재빠르게 유턴하고 씩씩하게 내려오는 내 모습이 웃겨 혼자 속으로 킥킥 웃었다. 내려가다 보니 아까 올라올 때 마주친 그분을 다시 만났다. 아마 내려가는 건 올라갈 때보다 더 힘들겠지. 그분 앞을 앞질러 내려가는 게 갑자기 미안해졌다. 최대한 나도 천천히 걸어 내려갔다. 이번에는 거의 만삭의 임산부가 음악을 들으며 한 손으로는 배를 만지고 느린 속도로 산에 올라오고 있었다. 점점 산을 오르는 사람들이 많이 보이자 나는 속으로 후회했다.

'조금만 더 올라갈걸.'

후회하는 찰나 오후 3시의 그녀가 내 앞을 쌩하니 스치며 내려간다. 발걸음도 가볍게 여전히 야무진 걸음걸이로. 우물쭈물 산에 올랐던 내가 갑자기 부끄러워졌다. 혼자 산에 오르는 것도 용기가 필요한 일이었다. 산에 가려고 마음먹는 일과 운동화를 신고 현관문을 나서는 일과 조금 힘들더라도 계속 앞으로 향하는 일 모두 다.

내려오면서 나뭇가지를 옆으로 쫙 벌린 채 서 있는 나무를 봤다. 하늘을 향해, 다른 나무들을 향해, 팔을 쫙 펼치고 있는 나무를. 노랗던 은행잎도 잎을 다 떨구어 흙과 섞여 다시 땅과 만난다. 앙상한 나뭇가지 사이로 오후의 은은한 햇살이 숲을 비추고 있었다. 하늘과 바람과 땅과 나무, 숲에서 조화롭게 섞여 기쁨을 주는 존재들. 가슴을 쫙 펴고 걷는다. 내일도 또 그다음 날도 숲으로 들어가는 사람이 되기로 다짐한다. 난 오후 3시의 그녀처럼 성큼성큼 산을 오르지 못할 수도 있겠다. 금방 사라질 아름다운 가을 풍경을 사진 속에, 머리에 담느라 자주 걸음을 멈출 테니까. 오늘도 내일도 산에 오르는 사람이 되고 싶다. 나를 위해 시간을 쓰고 즐기는 사람이 되고 싶다. 나도 누군가에겐 오후 3시의 그녀가 될지도 모르니까 말이다.

매 일 새 롭 게 감 탄 하 는 마 음

어제오늘 계속 비가 내린다. 캘리포니아에서는 비가 오는 날이 드물다. 와도 밤에 잠깐 내리다가 만다. 저번 주말부터 이틀 동안 비가 내린다는 날씨 예보 때문에 두꺼운 가을옷도 미리 준비해 놓고 기다렸다. 아침에 등교할 땐 꽤 춥기 때문이다. 이번에도 잠깐 내리다가 말겠지 생각했는데 주룩주룩 계속 내리고 있다. 서머타임도 끝나고 시간은 다시 1시간 늦어졌다. 저녁 6시가 되면 깜깜해졌는데 이제 5시가 조금 넘으면 어둑한 밤이 된다.

겨울을 준비하는 계절이다. 미국 집은 난방이 되지 않아 실내가 꽤 춥다. 바닥이 뜨끈해야 발도 따뜻하고 집안에 온기가 있는데 썰렁한 기온

탓에 자꾸 몸이 움츠러든다. 새벽부터 아들이 기침하기에 두터운 수면 조끼를 입혔는데 아침이 되니 기침 소리가 심상치 않다.

사흘 만에 기침 소리가 괜찮아진 아들은 학교에 갔다. 아침에 깨우려니 '나 학교 안 가.' 소리가 저절로 나온다. 어둑한 아침에 이불에서 나오려니 영 귀찮은 모양이었다. 긴 바지와 윗옷도 챙겨와 갈아입히고 도시락과 아침을 한꺼번에 준비하려니 엄청 바빴다. 기침약을 먹여야 하니 아침밥도 든든히 먹어야 하는데 어제 끓여둔 전복죽을 몇 수저 뜨더니 그만 먹는다. 시계를 보니 7시 45분. 후다닥 옷을 입고 세수도 하고 8시면 집에서 나가야 하는데 내 마음만 더 분주하다.

한국에서는 초겨울에 접어드는 때이다. 수면 양말도 준비하고 옷장 깊숙한 곳에 넣어 두었던 두꺼운 점퍼도 꺼내 손질해 둘 때. 앞산에 있는 은행나무 숲도 이제 잎을 다 떨구어 땅에 노랗고 누런 자국이 흐트러져 있을 때이기도 하다. 가끔 혼자 커피를 마시며 내가 살던 곳의 가을 산 풍경을 상상하곤 한다. 파란 이파리에서 밤색으로 붉은색으로 노란색으로 물들던 가을 산. 찬 바람에 잎이 떨어지고 비가 촉촉이 내리면 폭신한 나뭇잎들이 땅을 모두 뒤덮는 계절. 두꺼운 스웨터를 입고 따뜻한 커피를 손에 들고 집 앞 카페에 혼자 앉아 책을 읽던 그 시간으로 간다.

레몬을 깨끗하게 씻어 얇게 저며 설탕에 재운 레몬청, 청귤청을 가끔 담갔었는데 빛깔도 빛깔이지만 따뜻한 물에 찐득한 레몬즙을 가득 넣어 마시는 일은 가을과 어울렸다. 레몬을 열 개 정도 사서 깨끗하게 씻은 후 얇게 써는 일까지 하려면 언제나 '오늘은 꼭 레몬청을 담가야지!' 하며 결심하고 일을 시작했다. 유리병을 뜨거운 물에 소독하고 물기 없이 말린 병에 얇게 자른 레몬을 하나씩 착착 집어넣을 땐 이미 마음이 뿌듯해졌다. 레몬 두세 조각에 사각사각한 설탕을 뿌려놓는 일을 반복하다 보면 재미도 있었다. 한 병 가득 담긴 레몬청을 보면 겨울이 든든해졌다. 남은 레몬은 조그만 병에 담아 친구한테 선물해주기도 했다. 레몬청이 떨어진 날에는 집 근처에 있는 오아시스 매장에서 대용량 생강유자차라도 사서 냉장고에 넣어 두면 그렇게 뿌듯할 수가 없었다, 설탕에 재운 레몬 몇 조각을 잔에 넣고 뜨거운 물을 부어 마시던 레몬차! 시고 달짝지근한 레몬차를 한 모금 마시면 칼칼한 목이 금방 싸해지면서 감기가 뚝 떨어질 것 같아 좋았는데. 썰렁한 미국 집 거실에 앉아 차가운 바닥을 느끼고 있으니 그때 그 레몬청이 생각이 났다.

캘리포니아 레몬은 껍질이 야들야들하다. 한국에서 사 먹는 딱딱하고 단단한 껍질이 아니다. 손가락으로 꾹 누르면 껍질이 살살 잘 벗겨지는 레몬이 생소했다. 레몬을 도마 위에 놓고 자르면 과육이 다 새어 나와 금방 흐물흐물해지는 레몬도 당황스러웠다. 예쁘게 모양이 잡히지 않아 병에 담아도 이상했다. '뭐 모양이 이러면 어때, 맛만 좋으면 되지.'

시원한 얼음 몇 조각에 탄산수를 가득 부어 레몬청을 넣으면 레모네이드가 된다. 거품이 뽀글뽀글 올라오는 탄산수를 벌컥벌컥 마시는 아이들이 대단하다고 느낀다. 호호 불며 먹는 레몬차가 난 더 좋은데. 뜨끈한 레몬차를 마시면 감기가 뚝 떨어질 것 같은데 차가운 것만 찾는 아들이다.

긴 팔에 후드티까지 입혀 나왔지만 제법 쌀쌀한 공기가 옷 속을 파고든다. 안 되겠다 싶어 얼른 두꺼운 겉옷을 챙겨 나왔다. 추위를 많이 타는 아들은 모자까지 쓰고 겉옷을 챙겨 입고 마스크까지 완전 무장했다. 학교 가는 길이 촉촉이 젖어 있다. 잔디 위를 걸을때 마다 물방울이 사방으로 튀고 군데군데 물웅덩이가 진 곳도 많았다.

"엄마. 오늘은 좀 다른 거 같아."
"뭐가?"
"뭔가 내가 알던 우리 동네 모습이 아니야. 맨날 가뭄 같았는데 오늘은 달라."

아이의 눈에는 맨날 해가 쨍하고 건조한 날씨가 마치 가뭄과 같았나 보다. 그제야 나도 주변의 모습이 눈에 들어온다. 방울방울 물기를 머금고 있는 풍성한 초록 나뭇잎들이 아침 햇살을 받아 여기저기 반짝였다. 길 위에는 바람과 비를 맞아서 떨어진 도토리 같은 동글동글한 노란 열매들이 밟혀서 터진 흔적들도 많이 보였다. 숲에 가면 볼 수 있는 은행나무 열매들이 여기저기 굴러다녔다. 파스텔 색조의 옅은 하늘색 하늘엔 커다란 구름이 떼 지어 몰려 있었다. 감기 걸려 집에만 있던 아들도 얼마나 마음이 시원했을까.

매일 걷는 길도 자세히 보지 않으면 그냥 똑같은 길이다. 바쁘게 아이를 학교에 데려다주거나 데리고 오는 길에도 새로움은 항상 있다. 내가 느끼지 못할 뿐. 가슴이 뻥 뚫리는 듯한 하늘을 보고 또 보고 걸으며 우리 동네의 모습을 눈에 담는다. 둥그런 구름이 오늘따라 바람에 따라 이리저리 흔들리는 깃털처럼 가벼워 보인다. 『그리스인 조르바』에서 조르바는 매일 새로운 세상을 만난다. 똑같은 아침은 하루도 없다. 같은 것을 보고도 느끼는 게 다르다. 아이 키우며 맨날 집에만 틀어박혀 지내던 때가 있다. 일어나면 늘 똑같은 일상이 지겨워 한숨만 쉬던 때가 많았다. 책을 읽으면서 고개는 끄덕거려도 전혀 마음에 닿지 않았다. '그날이 그날인데 어떻게 매일 새로움을 느끼라는 거야.'

새로움을 발견하는 것은 같은 사물을 전혀 다른 방식으로 보고, 어떤 고정관념도 가지지 말라는 의미도 있다. 고정관념에 사로잡히지 않는 것, 물 흐르듯이 생각을 유연하게 갖는 것. 집으로 돌아오는 길 발걸음이 가벼워진다. 집 앞에 늘 우뚝 서 있는 나무에게 마음속으로 아침 인사를 건넨다. 잔디를 깎고 있던 아저씨에게 '하이' 인사를 하고 집에 들어와 책장에서 『그리스인 조르바』를 찾아 밑줄 그었던 문장을 읽고 또 읽는다. 뜨거운 물에 레몬 몇 조각을 넣어 혼자 느긋한 티타임을 갖는다. 집은 엉망이지만 레몬차를 마시며 책을 읽는 시간이 좋기만 하다.

이 제 는   비 워 야   할   때

　꼭 가져갈 것만 이삿짐에 넣었는데 시간이 지나니 짐이 늘었다. 옷장에 옷도 많아지고 책도, 물건들도 늘었다. 한국에서 버리느라 몇 달을 낑낑댔었는데 또 물건이 많아지는 걸 볼 수가 없었다. 추워진 날씨 탓에 아이들 겉옷과 긴바지를 사러 가려고 하다가 옷장부터 정리했다. 사놓고 안 입은 옷들, 늘어진 민소매 티셔츠, 작아졌는데 계속 걸어둔 옷들도 있었다. 아깝다고 계속 두면 짐이 점점 늘어 갈 터였다. 짧아진 아이들의 바지를 조카들에게 물려주고 안 입을 옷을 분류해서 옷 수거함에 넣었다. 옷 몇 개 뺐다고 옷장이 헐거워졌다.

아침에 아이들을 등교시키고 대충 집을 정리하면 읽다 만 책과 노트북, 영어 노트를 챙겨 식탁에 앉는다. 식탁 위는 가족들이 후다닥 아침을 먹고 간 흔적이 남아 있지만, 옆으로 밀어놓고 나의 작업(?)을 시작한다. 블로그 글 한 편 쓰고, 읽다 만 책도 읽고 딸아이 학교에서 온 메일도 읽고, 자동차 보험도 갱신하고. 그러다 보면 오전 시간이 훌쩍 지나간다. 해놓은 일은 없는 것 같고 분주하게 왔다 갔다만 하는 것 같을 때가 많다. 욕심 부려 이것저것 기웃거리지만, 마무리를 못 하는 날들이 많아지면 머릿속에서 댕댕 울리는 소리가 난다. 매일 잘하는 것 같다가도 뭐 하나 제대로 끝내는 게 없는 것 같을 때 마음이 불편해진다.

몇 년 전 남편이 다니던 직장에서 나오게 되었을 때 앞이 캄캄해졌다. 위로의 말이라도 건네야 했는데 내 속은 시커멓게 타들어 갔다. 같이 집에 있는 날이 점점 길어지자 화가 치밀어 올랐다. 작은 일에도 예민해져 서로를 할퀴고 미워했다. 뜬눈으로 밤을 새우고 다음 날 아침 아이 둘을 데리고 무작정 강원도로 향했다. 더는 이렇게 살기는 싫어서였다. 매일 열심히 살림하고 아이들을 잘 키우며 살았다고 생각했는데 한순간 내 마음이 무너져 내렸다. 원망하는 마음뿐이었다. 앞으로 어떻게 살아야 하냐는 마음보다는 절망과 한숨이 계속되던 날들이었다. 아무것도 하기 싫어졌다. 번아웃이 왔다. 가슴이 답답하고 순간순간 울렁거렸다. 누가 툭 건드리면 으르렁 달려들어 폭발할 것 같았다. 참여하고 있던 독서 모임, 글쓰기 방, 모든 단체 채팅방에서 인사를 하고 나왔다. 못난 내 모습을 남에게 보이기 싫었다. 눈이 내리던 고속도로를 무슨 마음으로 운전했는지. 뒷자리에 타고 있던 아이들은 여행을 간다며 신이 나서 노래를 불렀다. 엄마 속도 모르고. 눈에 눈물이 그렁그렁해졌다.

도착한 숙소에는 넓은 잔디밭이 있었다. 아이들은 마당에 강아지가 있다는 것만으로도 너무 좋아했다. 뛰어놀 동안 나는 안에서 창밖을 보며 울기만 했다. 아이들이 들어오면 얼른 눈물을 훔쳤다. 몇 날 며칠을 바닷가 산책하러 가고 서점 나들이를 가며 일상 아닌 일상을 보냈다. 평소처럼 마트에 가서 장을 보고 밥을 했다. 겉으로는 평온한 듯했지만, 마음은 나아지지 않았다. 밤에 아이들이 잠들고 나면 혼자 괴로움에 훌쩍거렸다.

그때부터였다. 집으로 돌아와서 하나씩 집에 있는 물건들을 정리하기 시작했다. 부엌에 있는 안 쓰던 살림살이와 몇 년 동안 입지 않았던 옷들, 신발장에 자리만 잡고 있던 운동화, 베란다 창고에 처박혀 있는 상자 안에 들어 있던 알 수 없는 운동 기구들을. 매일 한두 개씩은 꼭 버릴 것들이 나왔다. 제일 큰 용량의 종량제 봉투를 사서 꽉꽉 채워 버렸다. 봉

190

투 하나를 다 채우고 버리면 뿌듯했다. 정리는 잘 못했지만 버리는 건 잘 했다. 남들처럼 중고로 내놓고 싸게 팔 재주도 없어 상태가 괜찮은 것들 은 상자에 포장해서 아름다운 가게에 기증했다. 옷장에 가득 차 있던 옷 들이 헐거워지니 정리할 맛이 났다. 정리는 묵은 것들을 먼저 버린 후에 하는 것이었다. 버리지 않고 그대로 가지고 있으면서 정리하려고 하면 다시 원상태로 돌아오는 건 시간문제였으니까. 조금씩 비우고 나니 마음 도 홀가분해졌다.

복잡한 마음을 아침에 일찍 일어나 공책에 쏟아내기 시작했다. 그냥 생각나는 대로 무조건 적어 내려갔다. 우울한 마음, 후회와 두려움의 감 정도 썼다. 공책 한 장이 금방 채워졌다. '이렇게 할 말이 많았나?' 속에 쌓인 말들이 술술 거침없이 나왔다. 처음엔 욕으로 시작하고 마지막엔 나에게 해주는 말도 썼다. 감정이 와르르 무너지는 순간에는 며칠씩 누 워만 있던 내가 생각났다. 말로 내뱉는 건 자신 없으니 몸으로 내 화를 표현한 거였다.

무기력한 내 모습이 싫었다. 그렇게 표현하지 않고 끙끙 혼자 앓은 건 나 자신을 스스로 무너뜨리는 일이라는 걸 쓰면서 알았다. 화를 내든, 당 당하게 말로 하든 내 마음을 표현해야 했다. 표현하는 것에 서투른 내가 나를 마주할 수 있는 유일한 통로가 글쓰기였다. 누가 볼까 걱정하지 않아도 되는 날것의 쓰기였다. 글을 쓰면서 내 마음속에 있는 감정의 찌꺼기를 하나씩 버렸다. 묵은 것들을 내보내는 마음의 정리 정돈이었다. 여전히 내가 감당해야 할 어려움과 고통은 그대로였지만 마음이 정돈되기 시작했다. 불평불만만 가득했던 공책에 내가 하고 싶은 일을 채워넣기 시작했다. 오늘을 계획하는 것이 즐거워졌다. 복잡한 물건과 마음을 걷어내고 알맹이만 남겨 놓으니 내가 꼭 집중해야 할 것이 보였다. 얼기설기 꼬였던 마음도 털어내고 나에게 집중하기 시작했다.

스트레스가 심해질 때는 하던 것들을 내려놓고 밖으로 나간다. 몸과 마음에 쌓인 독소를 제거할 때이다. 가벼운 옷차림으로 씩씩하게 걷다 보면 뾰족한 마음이 누그러진다. 한결 부드러운 마음이 된다. 햇볕을 듬뿍 받아 에너지가 생긴다. 지나가는 길, 자주 가는 빵집의 갓 구운 크루아상이 가득 담긴 빵 바구니를 보면 고민은 사라지고 따뜻한 커피 한 잔만 그리워진다. 참 단순하다. 이렇게 매일 단순하게 살면 얼마나 좋을까. 불필요한 물건과 감정을 정리하면 내게 중요한 것들만 남는다. 지금 내가 꼭 가져야 할 것이 무엇인지 생각하게 한다. 시간이 지나면 또 쌓이는 게 있겠지만 이제는 꽉 찰 때까지 두지 않는다. 몸이 찌뿌둥하고 마음에 우울감이 찾아올 때가 '삶의 비움'을 생각할 때이다. 이럴 때는 계속 채우

려고 하지 말고 계속 비우려고 노력한다. 다시 몸이 가벼워지고 마음이
맑아지도록.

좋은 태도를 가진 사람

우연히 유튜브에서 김민식 PD의 영상을 보았다. 새로운 시대에 부모들이 가져야 할 태도에 관한 내용이었다. 앞으로는 지식과 기술로 성공하는 시대가 아니라 좋은 태도를 가진 사람이 성공할 수 있는 시대가 온다고 한다. 정확하고 많은 양의 지식 습득은 사람보다는 인공 지능이 앞설 것이고 전문적인 기술이 필요한 분야도 빠르게 대체될 거라 한다. 정교한 수술이나 치료가 필요한 의료 수술에서도 점점 더 인공 지능이 할 수 있는 영역이 늘어나고 있다. 하지만 환자의 마음을 읽고 바른 질문을 하고 답해 주는 역할은 좋은 태도를 가진 의사의 역량에 따라 다를 것이다. 정확한 지식이나 기술보다 사람의 마음을 움직이는 감성과 태도가 중요하다는 말이다. 그건 지금도 마찬가지다. 딱딱하고 불친절한 의사에게는 자세하게 묻고 싶어도 그럴 수가 없다. 마음을 열기가 힘들다. 특히 아이가 아파 병원에 갈 때는 더 그랬다. 눈도 안 마주치고 혼자만 중얼거리는 의사에게 아이의 상태를 더 자세하게 물어보기가 민망했다. 답답한 마음으로 진료를 마치고 집에 와서 네이버에 물어보는 게 더 속 편했다. 동네에 자상한 의사 선생님이 있다는 소문을 들으면 멀더라도 그 병원으로 갔다. 부드러운 태도를 가진 의사 선생님을 만나면 위로가 되는 느낌이었으니까.

스마트폰을 늦게까지 붙잡고 있는 딸이랑 한판 했다. 내일 시험이 두 개나 되고 수학 숙제도 해야 한다면서 그놈의 핸드폰은 왜 손에서 놓지 못하는지. 처음엔 부드럽게 타이르듯 말했다. 계획을 세워서 시간을 잘 써야 한다고 말하다가 딸의 태도를 보고 화가 점점 치밀어 소리를 빽 지르고 말았다. 내가 무슨 말만 하면 삐딱하게 말꼬리를 잡고 늘어지는 딸이 원수 같았다. 처음엔 스마트폰 사용 시간 때문이었지만 나에게 말하는 딸의 태도가 못마땅해 싸움은 점점 커졌다.

"너 엄마한테 그게 무슨 말버릇이야? 엄마가 뭐 없는 말 했어? 어떻게 엄마를 그렇게 쳐다봐? 응? 너 핸드폰 가져와!"

그놈의 핸드폰. 그게 문제다. 원래는 소리를 지르려고 한 건 아닌데. 그동안 꽤 사이가 좋았었는데. 한순간 와르르 무너지고 딸은 방문을 쾅 닫고 들어가 버렸다. 속이 부글부글했다. 문을 따고 들어가려다 참았다. 나를 바라보는 딸의 싸늘한 시선과 태도가 영 마음에 걸려 밤잠을 설쳤다. 적어도 난 공부만 강요하는 엄마는 아니었다. 딸의 의견을 존중해주고 때로는 친구처럼 상담도 해주고, 싫다는 건 억지로 강요하는 엄마가 아니었으니까. 공부보다는 예의 바르고 건강한 딸이 되었으면 하는 마음으로 키웠는데. 아니 왜 저런대? 정말 속상했다. 결국은 핸드폰을 압수하는 걸로 냉전이 시작됐다.

무엇이든 네이버에 검색하면 많은 게 해결된다. 이제는 인공 지능을 이용해 내가 원하는 답을 더 빠르고 쉽게 알수 있는 시대다. 백과사전을 찾아야 궁금한 게 해소되었던 예전과는 너무 다르다. 천천히 여유 있게 찾아보고 과정을 즐기며 해결에 이르는 기쁨이 없다. '탁' 치면 주르르 나오는 세상에 기다림이란 없다. 쿠팡 새벽 배송이 없는 세상을 상상할 수 없다. '아들이 짬뽕 먹고 싶어!' 하면 금방 배달의 민족에 주문한다. 나도 쓱! 바로바로 와야 마음이 편하다. 배송이 조금만 늦어도 '왜 이렇게 안 와?' 급해진다. 엄마인 나도 그런데 아이들은 오죽할까. 고민이 많다. 운동이든 공부든 힘들다고 금방 포기하는 아이들이 될까 걱정이다. 좋아하는 일에 몰입하며 하나하나 알아가는 과정을 즐기는 아이들로 키우고 싶은데 참 쉽지 않다. 힘들어도 포기하지 않고 꾸준히 뭔가 계속하는 아이들로 키우려면 어떻게 해야 할까.

한참 축구 연습에 열을 올리던 아들은 다른 친구들이 더 잘하는 모습을 보고 자기는 못한다며 그만두고 싶다는 말을 한 적이 있다. 자신 없어 하는 아들이 안쓰럽기도 했지만, 중간에 포기한다면 앞으로 축구는 다시는 못 할 것 같았다. 용기를 주고 힘들어도 연습하며 꾸준히 노력한 결과 점점 더 축구에 흥미가 생겨 신나게 축구 경기에도 참여하게 되었다. 악기를 배우는 것도, 운동을 하는 것도, 공부하는 것도 마냥 재밌고 즐거울 수만은 없다. 처음엔 열정에 타오르다가도 힘든 순간이 오면 포기하고 싶고 지겨워질 수 있다. 매일매일 즐겁게만 할 수는 없는 일이다. 하지만 내가 정한 목표를 향해 힘들어도 계속 나아갈 수 있는 태도를 길러주고 싶었다.

엄마의 강요 때문에 어쩔 수 없이 하게 되는 일은 금방 싫증이 나고 하기 싫어진다. 꼭 해야만 하는 일들을 스스로 찾아 나갔으면 좋겠는데. 아직은 욕심 때문에 이리저리 끌고 가는 내 모습이 보였다. '오늘은 영어 숙제를 꼭 끝내야 하는데, 수학 인터넷 강의는 안 듣나?' 딸보다 내가 걱정이 더 많다. 해야 하는 일을 안 하고 있으면 속이 터진다. 물어보기라도 한다면 퉁명하게 나올 게 분명하다. 사춘기 딸한테 예의 바르고 예쁜 말투를 원하면 안 되는 걸까. 공부시키기 위해 어쩔 수 없이 타협하는 엄마가 되고 싶지는 않다. 오늘까지 끝내야 하는 과제는 내가 아니라 딸이 알아서 할 문제다. 매일 딸보다 앞서서 할 일을 체크하고 '이건 이렇게. 저건 저렇게' 말해주는 엄마였다. 내가 더 발을 동동거렸다. 해야 할 숙제나 공부를 내 머릿속에 착착 정해 놓고 그대로 따라와 주길 바랐다. 딸은 내가 생각한 것대로 잘 따라왔다. 고분고분하고 착한 딸이었다. 그런 엄마가 답답했던 걸까. 이제는 자기가 하고 싶은 일을 찾아서 한다. 하기 싫은 일은 죽어도 안 한다. 엄마 말은 다 잔소리로 듣는다. 그런 딸이 야속하기도 하고 밉기도 할 때가 있다. '사춘기 뇌'에 대한 책을 밀리의 서재에서 찾아 눈을 비비며 읽는다. 다른 사춘기 아이들도 비슷하단다. 위로가 된다.

"대학 안 가도 된다며." 딸이 말한다. 내가 말했다. 대학을 꼭 가야 하는 건 아니라고. 그래도 딸이 그렇게 말하니 가슴이 쿵 내려앉는다. 마음이 편하지 않다. 공부가 다는 아니지만 벌써 저렇게 말하는 딸이 밉다. 갈팡질팡하는 내 마음을 딸도 알고 있을 것이다. "엄마는 겉과 속이 다른 사람이야."라고 생각할지도 모른다. "그래도 학생이니 공부는 성실하게 해야지." 말해놓고 괜히 더 마음이 복잡해진다. 공부 잘하는 딸을 원했던 내 속마음이 보인다. 오늘 본 유튜브 영상을 보고 다시 마음을 먹는다. 공부보다는 태도! 매일 나를 만들어가는 10분을 실천해보자고 제안했다. 내가 평소에 하고 싶었던 일, 좋아하는 일을 찾는 시간이다. 작은 공책을 하나씩 만들었다. 매일 10분 습관 기록장이다. 딸은 매일 인터넷 강의를 들으며 스스로 일본어를 공부하겠다 하고 아들은 지금보다 30분 일찍 일어나겠다 한다. 하루 이틀 하더니 시들하다. 마음이 바뀌었다나? '그래. 나도 그렇지.' 하고 싶은 게 많아서 이거저거 다 해보는 나랑 닮았다. 좋은 태도와 습관을 기르는 건 하루아침에 완성되는 게 아니니까.

"아들 유튜브 좀 꺼라. 오늘 뭐 해야 해?" 갑자기 싸해진 엄마 목소리 듣고 아들이 그런다.

"엄마도 방금 유튜브 봤잖아."

한마디 하려다 그만뒀다. '나나 잘하자!'

제5장

가치 있는 삶을 위해 오늘도 한 걸음

씨 를   뿌 리 는   마 음 으 로

관리사무소에서 안내 방송이 나왔다. 아파트 근처 공터에 텃밭을 분양하는데 선착순으로 모집한다는 내용이었다. 방송이 끝나자마자 아이를 유모차에 얼른 태워 관리사무소로 뛰어 들어갔다. 베란다 텃밭을 한번 해볼까 생각만 하고 있던 참이었다. 선착순 열 가족 안에 들었다. 후문 입구에서 언덕 위로 한참을 올라가야 했던 가파른 길 위의 땅이었지만 기대가 되었다. 허허벌판 아무것도 없는 땅은 오랫동안 방치되어 울퉁불퉁한 돌과 잡초가 무성했다. 퇴근한 남편과 딸을 데리고 다시 텃밭으로 향했다.

'우리가 할 수 있을까?' 생각보다 넓은 땅이었다. 아침에 딸을 유치원에 보내고 아들을 유모차에 태워 무작정 올라갔다. 땀이 삐질 나왔다. 헉헉 숨이 찼다. 돌멩이를 하나하나 손으로 고르고 땅을 평평하게 하는 것으로 텃밭 생활이 시작되었다. 바슬바슬한 힘없는 흙 밑에는 시커멓고 촉촉한 살아 있는 흙이 있었다. 그 흙을 평편하게 하고 거름을 뿌렸다. 차를 타고 시골길을 지나갈 때 나던 구수하고도 야릇한 냄새였다. 이랑을 만들고 비닐을 씌웠다. 잡초가 많이 나는 걸 방지하기 위해서였다. 하나하나 직접 손으로 모든 일을 다 해야 했지만, 흙에서 싹이 트고 열매가 주렁주렁 맺혀 소쿠리에 가득 담길 텃밭 채소들을 상상하면 기분이 좋아졌다.

4월에 되니 여러 가지 모종과 씨앗을 파는 곳이 많았다. 농부가 되었으니 장비도 갖추어 놓아야 했다. 무릎까지 올라오는 긴 장화와 챙이 넓은 밀짚모자는 필수였다. 아이들을 위해 모종삽도 사다 두고 물뿌리개도 두었다. 방울토마토, 가지, 오이, 상추, 호박, 고추 모종을 사다가 심었다. 초보 농사꾼인데 욕심이 많았다. 어떻게 하면 잘 키울 수 있을까 고민하며 책으로 공부했다. 물을 주는 적절한 시기, 계절별로 심어야 하는 모종, 가지치기 등 배워야 할 것이 많았다. 비가 많이 오면 어린잎들이 꺾일까 봐 장화를 신고 올라갔고 햇볕이 너무 뜨거운 날엔 말라 죽을까 봐 걱정되었다. 바람이 심하게 불 때는 튼튼한 버팀목을 대 주어 곧고 건강하게 자라기를 빌었다. 적당한 바람과 햇볕, 물이 열매를 맺히게 했다. 여린 모종들은 날이 지날수록 줄기가 굵어지고 잎이 파래졌다. 초록 방울토마토 열매가 맺히는가 싶더니 금세 통통한 빨강 열매가 주렁주렁 열렸다. 상추는 잎을 솎아주기가 무섭게 더 빽빽하게 싹이 올라왔다. 가지와 오이도 따는 양보다 갈 때마다 새로이 보이는 열매가 더 많았다. 시골 오일장에 갔다가 목화모종도 사서 심었다. 보들보들한 솜 같은 목화 열매가 맺혔다. 처음 보는 목화솜이었다.

그해 여름, 우리는 제법 많은 수확물을 얻었다. 우리가 다 먹기에는 양이 너무 많아 양쪽 부모님께 갖다 드리고 윗집에 사는 동생, 옆 동에 사는 언니, 같은 라인에 사시는 할머니 등 이웃에게 나누어 드렸다. 슈퍼에서 사 먹는 야채보다 훨씬 싱싱하고 맛있다며 모두가 좋아했다. 갓 따온 채소를 한 아름 갖다 드리면 다음 날 집 앞에 참외 한 봉지가 놓여 있었다. 다음날 큰 소쿠리를 들고 가서 또 수확했다. 햇볕에 그을리고 다리도 아팠지만, 보람 있었다. 날이 갈수록 울창해지는 텃밭에 가는 것이 재미있었다. 농약을 뿌리지 않은 싱싱한 채소들을 여름 내내 풍성하게 먹었다. 아삭한 오이고추를 뚝 따서 고추장에 찍어 된장찌개를 끓여 자주 먹었다. 다른 반찬이 없어도 상추와 고추만 있으면 밥 한 그릇 뚝딱이었다. 텃밭 생활은 아이들에겐 자연과 함께 노는 즐거움을 주었고 땀 흘려 흙을 만지며 생명을 가꾸는 보람도 느끼게 했다. 우리가 한 일보다 훨씬 많은 것을 얻은 텃밭 생활이었다. 처음엔 내가 그냥 하고 싶어 시작한 텃밭 생활이었는데 보람 있었다. 우리가 키운 것을 다른 사람들에게 나누어 주는 기쁨이 컸다. 자랑하고 싶은 마음도 있었지만, 함께 먹는 즐거움을 만끽했다.

그림책 『리디아의 정원』에서 리디아는 할머니와의 텃밭 생활을 즐기는 아이이다. 드넓은 농장에서 씨를 뿌리고 채소를 키운다. 집안 사정이 안 좋아지자 리디아는 도시에서 빵 가게를 하는 삼촌 댁으로 보내진다. 우울하고 힘든 상황에서도 리디아는 잊지 않고 씨앗들을 짐 가방에 챙긴다. 낯선 곳에서도 싹을 틔우려는 마음으로. 삼촌은 좀처럼 웃지 않는다. 항상 굳은 표정으로 일만 하는 삼촌은 즐거운 일이라곤 없는 사람 같다. 매일 일을 도우며 리디아는 딱딱하고 무미건조한 환경을 점점 꽃 화분으로 꾸며 생기 있게 한다. 가게 앞에도 꽃이 가득하고 손님들도 많아진다. 삭막했던 곳에 밝은 기운이 감돈다. 리디아는 삼촌을 위한 특급 비밀 이벤트를 준비한다. 황량한 옥상을 꽃과 식물 정원으로 바꾸어 삼촌을 초대한다. 할머니가 보내주시는 꽃씨를 심고 가꾼 옥상은 꽃으로 가득하다. 삼촌의 마음에도 꽃이 핀다. 리디아를 위해 꽃으로 장식된 케이크를 준비한다. 서로에게 행복을 선물하는 선순환이 시작된 것이다.

"저는 엄마, 아빠, 할머니께서 저에게 가르쳐주신 아름다움을 담아내려고 노력했습니다."

리디아에게 꽃을 가꾸는 일상은 세상을 아름다운 것으로 만드는 것이다. 혼자서만 만족하지 않고 다른 사람들에게 행복을 주는 일은 아름답다. 어렵고 힘들 때 절망하지 않고 희망을 심는 리디아의 마음이 대견하다. 리디아는 자신이 좋아하는 일을 안다. 꽃을 심고 가꾸는 마음으로 다른 사람에게 사랑을 준다. 삭막하고 기쁨이 없는 곳에 씨를 뿌리는 마음을 생각한다. 리디아를 보며 내가 타인에게 줄 수 있는 것이 뭘까 고민한다. 내가 가진 것으로 어떤 가치를 줄 수 있을까. 내가 좋아하는 책 읽기와 글쓰기로 아름다움을 담아내려고 애쓰는 사람이 되고 싶다. 내가 가진 것으로 세상에 씨를 뿌려 알록달록 꽃 피우고 울창해지는 정원을 만들고 싶다.

우리는 여전히 비커밍 중

마음이 조급했다. 마흔이 넘어가면서 하루가 그냥 지나간다는 생각에 불안해졌다. 어린 둘째를 돌보며 집에 틀어박혀 멍하니 있을 때가 많아졌다. '이렇게 나이 드는 건가?' 내가 할 수 있는 일이 별로 없다고 생각했다. 어렸을 때 꿈을 떠올렸다. 작곡가와 큐레이터. 예술적인 일을 하고 싶다는 막연한 소망이 있었다. 재능이 있는지 없는지도 모르고 생각만 했다. 소심하고 표현을 잘하지 않는 성격이라 혼자서 고민만 했다. 누군가 "그건 좀 아닌 거 같은데." 하면 그냥 그런가 보다 하고 금방 포기했다. 내 마음을 읽는 것보다 다른 사람의 말을 더 쉽게 믿었다. 그러다가 또 흔들렸다.

아이들을 키우며 사는 것도 보람 있었지만 언제나 나는 뒷전이었다. 한계를 내가 정해버렸다. '넌 이건 할 수 없어.', '지금 이걸 어떻게 해.' 새로운 걸 시도하는 것은 주저하지 않았지만, 끝까지 밀어붙일 에너지가 부족했다. 내 마음과 타협했다. '난 충분하지 않아.' 부족하다고만 생각하니 앞으로 나아갈 수 없었다. 마음이 우울하면 다 내팽개치고 이불 싸매고 누워만 있었다. 다시 원점이 되었다. 그래도 매일 놓지 않았던 건 책 읽기였다. 하루를 마치고 나만의 시간이 오면 책을 폈다. 힘들고 불안했던 현실에서 나만의 세계로의 도피였는지도 모르겠다. 책을 읽으면 마음이 편해졌다. 어쩌다 한 번씩 블로그에 일기 같은 글을 올리기 시작했다. 아이들의 사진 한 컷을 올리고 두세 줄 생각을 썼다. 산에 올라갔던 이야기, 가을날 단풍을 보고 든 생각, 독서 모임의 단상들. 한 번씩 공감의 댓글이 올라오면 감동하여 더 잘 쓰고 싶은 에너지가 생겼다. 숭례문 학당에서 매일 한 개씩 강의를 찾아 들었다. 어떤 달은 신영복 선생님의 책을 필사했고 어떤 달은 에세이 쓰기 강좌를 들었다. 박완서 작가의 책을 읽고 단상을 적는 모임, 미술책을 읽는 모임, 여성 작가들의 책을 읽는 북클럽 등 3년이 넘는 시간 동안 꾸준히 공부했다. 함께 공부하는 사람들과 서로의 글을 공유하며 나를 표현했다. 메모 글쓰기 강의를 들으며 일상 중 어느 한 부분을 스케치하고 글로 풀어쓰는 연습을 했다. 책을 읽고 서평을 쓰고 부족한 점을 피드백 받아 다시 고치고 다듬으면서 내 글을 쓰는 시간을 늘렸다.

　책 읽고 글 쓰며 나도 나이가 들어갔다. 노안이 왔고 오십견이 왔다. 가까운 것이 잘 안 보여 할머니처럼 책을 멀리해야 잘 보인다. 앞으로 계속 읽어야 할 책이 많을 텐데. 돋보기안경이라도 맞춰야 하나. 서글퍼진다. 갱년기 증상에 화가 났다가 웃었다가. 어떤 날은 마음이 약해지기도 하고 또 다른 날은 독한 마음으로 매서운 말을 내뱉기도 한다. 알 수 없다. 내 마음을. 아이들도 키가 훌쩍 컸다. 딸은 15살 아들은 10살이 되었다. 밥 안 먹어 애태우던 딸은 먹고 싶은 걸 스스로 해 먹고 방문 닫고 들어간다. 방문 바깥에서 문 두드리는 엄마와 퉁명스러운 딸이다. 미용실에서 자른 앞머리가 마음에 안 든다며 울부짖는 딸에게 "그래도 너무 예쁜데?" 한마디 했다가 "엄마는 패션 감각이 없잖아." 말을 듣는다. 그렇게도 안아달라고 칭얼거렸던 아들은 엄마는 재미없다며 매일 친구 타령이다. "친구랑 놀고 싶다. 게임하고 싶다." 나보다 잔소리를 더 한다. 이제는 엄마의 잔소리를 너무나도 듣기 싫어하는 아이들. 품 안에 있던 아이들도 각자의 자리를 찾아 홀로서기를 준비하는 중이다. 살림하고 육아하느라 40대를 다 지나왔다. 내 젊음이 갔다고 안타깝기도 하다. '내 40대 돌려줘!' '이렇게 훅 40대가 가버린 거야!' 하고 절망스러운 마음도 든다.

"무언가가 된다는 것은 하나의 과정이고, 발걸음이다." 미셸 오바마의 『비커밍』에서 밑줄 친 문장이다. 한동안 이 문장을 카톡 프로필에 써 두었다. 나에게 거는 주문이었다. '나도 무언가가 되는 걸까. 나는 이대로도 충분한 걸까. 어디쯤 와 있는 걸까?' 많이 고민하며 여러 날을 보냈다. 그러면서 알게 되었다. 그동안 난 먼 미래만을 그리고 있었다는 것을. 현재 내 모습에 만족하지 않으니 매일의 내 노력과 수고스러움이 보이지 않던 거다. 한 걸음씩 걷는 발걸음을 응원할 사람은 바로 나였다. 무언가가 될 수도 있지! 확신하는 마음이 필요했다. 무언가가 된다는 것은 새로운 내가 된다는 것이 아니라 본래 내가 이미 가지고 있는 것을 갈고 닦아 밖으로 꺼내놓는 것이다. 내가 몰랐든 또는 알지만 하찮게 생각했던 재능을 발견하고 그것을 믿는 것. 그리고 꾸준히 연마하는 것이다. 그러니 한 걸음씩 내딛는 발걸음이 소중할 수밖에.

책 쓰기 수업을 듣고 있다. 수업을 듣기까지 엄청나게 망설였다. '내가 쓸 이야기가 뭐가 있다고.' '또 돈만 쓰는 거 아니야?' '내가 뭔 작가가 되겠어.' '아니야 뭔가가 될지도 몰라.' 내면의 두 목소리가 끊임없이 싸웠다. 내 이야기를 드러내는 게 두려웠다. '평범한 일상이 글이 될까. 특별한 게 없는데.' 일단 썼다. 매일 쓰다 보니 알았다. 나도 쓰고 싶은 이야기가 많다는 것을. 일상을 기록했던 과정이 없었다면 한 권의 책이 될 수 없듯이 우리가 매일 걷는 걸음이 차곡차곡 쌓여 길을 만든다. 그러니 망설이지 말고 일단 한 발짝 내디뎌 볼 것!

어려운 시기를 많이 지나왔다. 좋은 환경에서 남부럽지 않게 어린 시절을 보냈지만 가정 형편은 점점 안 좋아졌고 자존감은 떨어졌다. 할 수 있는 것이 없다고 생각했다. 마음이 쪼그라들었다. 남과 비교했다. 나보다 잘살고 성공한 친구들을 보며 부러워만 했다. 내 환경만 탓했다. '나도 할 수 있어.'라는 마음은 잠깐뿐이었다. 못나고 상처 많은 내 모습만 보였다. 결혼하고 아이들을 기르며 나약한 모습을 가진 엄마로 살기 싫었다. 책을 읽고 글 쓰며 속에 고여 있는 말들을 꾸역꾸역 표현하기 시작했다. 나아지는 것 같다가도 또 한없이 우울감에 빠져 허우적거렸다. 아직 불안하고 앞이 깜깜할 때가 많다. 그래도 그 시간을 잘 견디며 살아왔기에 지금의 내가 있다. '그럼에도 불구하고'라는 말이 좋다. 어떤 상황이든 환경에서든 그냥 묵묵히 나아가는 거다. 이제는 두려움에 자주 멈추지 않고 계속 앞으로 나아가는 사람이 되고 싶다. 어쩌면 나도 누군가에게 도움이 되는 사람이 될 수 있을지도 모르겠다.

바다 건너 북클럽을 시작합니다

"우리 바다 건너 북클럽 할까?"

　가까운 동네에 살던 동생들이 결혼 후 다른 동네로, 제주도로 이사를
했다. 보고 싶은 마음에 내가 좋아하는 작가의 신간 에세이를 사서 우편
으로 선물했더니 좋아했다. 자주는 볼 수 없으니 한 달이나 두 달에 한
번쯤 만나 북클럽을 해볼까 제안했다. 아이들을 키우느라 바빠 서로 안
부도 주고받지 못했는데 같은 책을 읽고 자주 연락한다면 좋을 것 같았
다. 책 모임 하자는 내 바람은 이뤄지지 못했지만 언젠가는 도란도란 책
이야기하는 시간을 꿈꾸게 되었다. 얼굴은 못 보더라도 책으로 연결된

우리! 바다 건너 북클럽은 그때부터 상상하기 시작했다. 온라인으로 북클럽을 한다는 것이 생소했지만 불가능한 일이 아니었다. 『건지 감자껍질 파이 북클럽』이라는 책에서 주인공 줄리엣과 도시가 책으로 연결된 것처럼 물리적 공간은 중요한 것이 아니었다.

『건지 감자껍질 파이 북클럽』은 영국의 건지섬을 배경으로 한 책이다. 2차 세계대전 당시 독일군이 주둔한 땅 건지섬. 작가인 줄리엣이 중고로 판 책은 건지섬에 살고 있던 도시에게 간다. 책을 매개로 두 사람의 인연이 시작되는 순간이었다. 독일군이 돼지를 모두 몰수해 가 먹을 고기가 없었던 건지섬 사람들은 비밀리에 돼지 한 마리를 키웠던 아멜리아의 집에 초대받게 되고 그곳에서 파티를 즐긴다. 집으로 돌아가는 길, 독일군에게 들켜 얼떨결에 책을 읽는 문학회 모임 '건지 감자껍질 북클럽'을 했다고 둘러대고 그날부터 바다 건너 북클럽이 시작된다. 섬으로 온 줄리엣은 건지섬 사람들과 작은 문학회를 이어간다. 책에 관해 이야기하고 토론하면서 사람들은 서로를 알아가고 더 가까워진다. 누군가의 감시 속에서도 북클럽은 이어지고 사람들은 점점 책에 빠져든다. 힘들고 두려운 시절을 책 읽으며 견뎌낸다.

코로나가 터지기 전까지 책을 함께 읽는다는 것은 서로의 얼굴을 보며 이야기하는 모임만 생각했다. 책을 읽는 장소와 분위기도 한몫했으니 독서 모임을 하는 날을 기다렸다. 도서관의 동아리방이나 아늑한 카페에서 함께 읽는 책은 혼자 읽는 시간과는 다른 느낌이었다. 그날의 날씨, 장소, 읽는 책의 장르와 함께하는 사람들에 따라 다른 감정이 느껴졌다. 조금 쌀쌀했던 10월의 어느 날, 각자 텀블러에 커피를 담아 야외 잔디밭 의자에 앉아 읽던 책은 더 기억에 남는다. 상대방의 말에 더 귀 기울이게 되고 더 친밀함을 느꼈다. 코로나로 집에만 있어야 했던 시간, 오프라인 북클럽을 이어 나갈 수 없었다. 한동안 책 모임을 하지 못했다. 혼자만 있는 책보다는 같이 읽어야 더 남는 것이 많은데 만날 수가 없으니 아쉬웠다. 몇 달이 지나 다시 시작하자는 의견들이 나왔다. 직접 보지는 못하지만 줌을 켜고 얼굴 보고 이야기하자고. 줌으로 책 모임을 하는 게 처음에는 매우 어색했다. 어느 곳에 시선을 둬야 할지, 누구의 말을 먼저 들어야 할지, 직접 만나서 이야기할 때보다 말이 안 나왔다. 왠지 어색했다. 화면에서 보이는 내 모습도 낯설었다.

그때부터 SNS상에서 하는 독서 모임이 많이 생기기 시작했다. 분야도 다양했다. 경제 책, 영어원서, 자기계발서, 고전 등 내가 마음만 먹으면 얼마든지 온라인 독서 모임에 참여할 수가 있었다. 하루에 읽을 분량을 정해 스스로 읽고 인상 깊은 문장과 단상을 카톡으로 올리는 모임에 가입했다. 곰브리치의 『서양미술사』 책을 한번 끝까지 읽고 싶었는데 혼자서는 엄두가 나지 않아 함께 읽는 모임을 검색해서 참여했다. 같은 책을 읽고 싶은 사람들끼리 모이니 적극적으로 소통을 하며 읽었다. 하루이틀 진도가 늦으면 주말에 보충해서라도 읽었다. 매일 책을 읽고 한 문장을 뽑아 그것에 대한 내 느낌을 써서 올리니 자연스럽게 글쓰기로도 연결이 됐다. 얼굴은 서로 모르지만, 채팅방에 올라오는 단상을 읽으며 공감되는 부분에 댓글도 달면서 서로 소통했다. 책을 완독하면 온라인으로 독서토론도 했다. 꼭 직접 만나지 않아도 충분히 책 모임이 가능했다.

온라인 미술책 읽기 모임을 생각한 것도 이때부터였다. 미술책을 꾸준히 읽고 싶은데 책만 사놓고 끝까지 읽지 못한 미술책이 많았다. 미술사 공부도 하고 싶어서 함께 읽을 사람들이 없을까 검색만 하다가 '내가 한번 만들어 볼까?' 하고 블로그에 모집 글을 올렸다. 한 달에 한 권 읽는 책 모임이었다. 댓글로 몇 명이 함께 하고 싶다고 했고 바로 책을 정해 읽었다. 『방구석 미술관』을 시작으로 지금까지 열 권이 넘는 미술책을 함께 읽었다. 진도표도 만들고 아침마다 그날 읽을 분량에 대한 간단한 소개 글도 적어 채팅방에 올렸다. 내가 주도하여 하는 모임이라 더 열심히 책을 읽었다. 미술 전공을 하지 않았기 때문에 다양한 지식은 없었지만 내가 좋아하는 분야라 더 열심히 자료도 찾아보고 단상도 적었다. 같은 그림을 감상하고 느낌을 간단하게 글로 적어 올리면 그 글에 대해 또 댓글이 달렸다. 사는 곳은 달라도 책을 읽고 즐길 마음만 있다면 어디서든 참여할 수 있었다. 블로그에 북클럽에 대한 글을 올리니 지방에서 해외에서 함께 하고 싶다는 연락이 왔다.

바다 건너 다른 나라로 가족 모두 가게 되어 그곳에서 내가 뭘 할 수 있을지를 여러 날 동안 고민했다. 내가 좋아하는 것, 가치 있게 생각하는 것, 다른 사람들에게 도움이 될 만한 것에 대해 생각했다. 억지로 생각하지 않아도 딱 생각나는 것은 하나였다. 바로 책이다. 혼자 읽는 책이 아니라 함께 읽는 북클럽을 꾸준히 하고 싶었다. 바다 건너 북클럽. 건지섬의 문학회 사람들은 독서에서 기쁨을 찾는다. 그 기쁨을 이웃들과 공유한다. 책과 친구들이 있는 삶에서 행복을 찾는다. 바다 건너 먼 곳에 있을 때에도 다른 곳에 사는 사람들과 즐겁게 온라인에서 소통하며 책을 함께 읽고 글쓰기도 배웠다. 사는 곳이 다르고 멀리 떨어져 있어도 우리는 책으로 연결되어 있다.

일상에 스며든 예술, 그림 읽는 엄마들

그림책 『행복한 청소부』는 독일 거리 표지판을 닦는 청소부 아저씨의 이야기다. 아저씨는 항상 깨끗하고 새것처럼 보일 정도로 표지판을 닦는다. 어느 날 한 아이와 엄마의 대화를 듣고 표지판에 있는 이름이 작가와 음악가들 이름이란 걸 알게 된다. 아저씨는 공부하기 시작한다. 음악을 찾아 듣고, 작가가 쓴 책을 찾아 읽으며 예술에 깊이 빠지게 된다. 일하면서 아저씨는 자신의 즐거움을 위해 음악과 문학에 대해 말한다. 이 모습을 보고 사람들은 손뼉을 치며 칭찬의 말을 주고받는다. 유명해진 아저씨는 대학에서 강연해 달라는 부탁을 받지만, 거절하고 청소부로 남는다. 청소부 아저씨는 매일 닦고 있는 표지판 이름의 의미를 알기 전에도 삶에 만족했다. 스스로 인생에서 바꾸고 싶은 것이 하나도 없을 정도였으니까. 그런 아저씨에게 삶의 혁명이 시작된다. 매일 닦는 표지판 '글루크'가 음악가의 이름인 줄 모르고 그동안 그토록 열심히 닦기만 했다니. 어찌 보면 오로지 '깨끗함'에 의미를 두고 열심히 닦기만 했던 아저씨가 우둔해 보이기도 하다. 충격을 받은 아저씨는 '그건 안 되지. 이대로는 안 돼.'라고 느낀다. 변화된 삶이 시작되는 순간이다. 오페라 공연을 보러 가고, 레코드플레이어를 사서 밤새 음악을 듣고 작가들의 작품을 도서관에서 빌려 와 읽는다. 점점 아저씨의 삶 속에 예술이 자리 잡는다.

초등학교 때 동네 미술학원에 다닌 적이 있다. 아파트 상가 2층에 있는 작은 학원이었다. 친한 친구가 같이 다니자고 해서 등록하고 일주일에 두 번 갔다. 규모는 작았지만, 아이들이 바글바글했다. 바깥에 넓은 공간이 있어서 날씨가 좋은 날에는 야외에서 그림을 그리기도 했다. 나보다 나이 많은 언니들이 커다란 이젤을 펴 놓고 석고상을 뚫어지게 보며 4B 연필로 소묘하는 모습이 멋져 보였다. 하얀색 석고상을 보며 '나도 언젠가는 그릴 수 있겠지.' 했지만 종일 연필로 선 연습만 했을 때도 많았다. 그런 날은 손바닥부터 손목까지 시커먼 연필 가루가 묻어 손이 반질반질해졌다. 선 연습만 매일 해도 내가 그린 선은 삐뚤빼뚤했다. 반면에 친구는 매끄럽게 쓱싹쓱싹 잘도 그었다. 선만 봐도 누가 그림을 더 잘 그리는

지 알 정도였다.

다른 그림도 마찬가지였다. 포스터물감을 섞어 구성하는 그림을 그려도 친구의 색감이 더 선명하고 두드러졌다. 나는 그때 알았다. '난 그림엔 소질이 없네.' 하고. 친구는 뉴욕의 유명한 미술 대학에 들어갔다. 정말 그럴 만했다. 감각도 소질도 충분했으니까. 예술적인 감각은 타고나는 거라는 생각을 그때 했다.

"엄마! 나 이거 끝내고 가야 한대."

하교 시간이 지났는데 오지 않는 아들에게 전화가 왔다. 아직 교실이란다. 왜 아직 있느냐고 물었더니 미술을 못 끝냈다고 한다. 영어 학원 버스를 타야 하는데 시간이 촉박하여 선생님께 메시지를 드렸다. 못 끝낸 건 집에서 완성해서 가겠다고. 아이를 데리러 학교로 갔다. 자기도 늦었다는 걸 알고 저 멀리서 뛰어온다.

"미술 시간에 어떤 거 했는데? 좀 어려운 거였어?"
"어. 점토로 여름 음식 만들어서 스케치북에 붙이는 건데 난 반도 못 끝냈어. 난 예술은 좋은데 미술은 싫어."

"미술은 뭐고 예술은 뭔데?"

"미술은 뭐 만들거나 그리는 거고 예술은 책 보거나 감상하는 거지 뭐."

평소에 내가 읽는 미술책을 흘끔 들여다보기도 하고 그림 보는 걸 좋아하는 아들이다. 아마도 미술은 자기 손으로 직접 작품을 만드는 거고 예술은 남이 만들어 놓은 작품을 감상하는 걸로 알았나 보다. 아들을 버스에 태우고 혼자 걸어오면서 생각했다. 예술이 뭘까 하고. 예술의 사전적 의미는 아름다움을 표현하려는 인간의 모든 활동이다. 미술은 회화, 조각, 드로잉, 설치 미술 등 시각적인 예술 형태에 초점을 맞춘 것이라면 예술은 문학, 음악, 연극, 춤, 사진, 영화 등 미술을 포함하는 더 넓은 범주의 의미이다. 어릴 때는 조몰락거리며 그림도 그리고 종이접기로 만들기도 열심히 하더니 점점 커가면서 자기 손으로 하는 걸 자신 없어 한다. 그림을 그리다가 조금 실수라도 하게 되면 금방 "난 못해." 소리가 나온다. 그럴 때마다 나는 "잘하는데? 실수해도 괜찮아." 하고 용기를 준다. 완성하지 못한 작품을 꺼내 아들과 함께 만들었다. 팥빙수를 표현하려고 했다는데 흰 점토 위에 까만 점토만 덕지덕지 붙어 있다. 이게 뭐냐고 물어봤더니 팥이란다. 까만 팥이다. 가져온 알록달록한 점토를 꺼내 동그랗게 말아 그 위에 붙였다. 노랗고 빨갛고 파란 점토들은 팥빙수 위의 토

핑이다. 이렇게 붙여 놓으니 그제야 팥빙수 같다. 어쩔 줄 몰라 하던 아들의 표정이 환해진다.

    엄마도 그림을 잘 그리신다. 스케치북에 연필로만 그려도 와! 소리가 절로 난다. 문화 센터에서 유화를 잠깐 배우시고는 화방에서 물감과 붓, 캔버스를 사다가 멋진 그림을 보며 따라 그리신다. 원래 그림보다 더 멋지다. 엄마도 화가다. 예술적인 감각이 있는 우리 엄만데 나는 왜 닮지 않았을까. 타고나는 거면 좀 닮아도 되는데. 그 감각은 내 동생이 가져갔다. 내 동생도 손으로 하는 건 다 잘한다. 꽃 세밀화를 그려 집에 장식해 놓고 바느질도 잘한다. 옷도 만들고 요리 솜씨도 좋다. 아마 재능은 똑같이 나눠 갖는 건 아닌 것 같다. 그 대신 나는 미술책 읽는 것을 좋아한다. 그림이 그려진 책은 다 좋아한다. 그림은 못 그리지만 보는 건 좋아한다. 아니 잘 보려고 노력한다. 그림책부터 명화 그림, 만화책까지. 그래서 미술 북클럽도 3년째 하고 있다. 이 책 모임은 미술 지식보다는 감상에 목적을 두고 있다. 그냥 내가 좋아서 하는 모임이다. 그림 좋아하는 엄마들 다섯 명이 꾸준히 읽고 감상을 나눈다. 아줌마들의 예술 모임이다. 그저 매일 그림을 보고 있는 것이 즐겁다. 한 권, 두 권 읽은 미술책이 많아질수록 미술 안목이 자라고 있는 것 같아 우쭐해지기도 한다. 내 마음에 확 들어오는 그림은 책에서 만난 인상 깊은 문장과 같다. 두고두고 생각나고 기록으로 남겨 두고 싶어진다. 그림을 보면서 공부하고 전시회도 함께 간다. 유유자적하게 느리게 감상하는 시간이다.

예술이 스며든 일상은 아름답다. 매일 되풀이되는 비슷한 일상에서 그림은 내 마음을 더 풍요롭게 한다. 예술은 현실과 무관하지 않다.

오종우가 쓴 『예술 수업』에 '예술의 반대말은 추함이 아니라 무감각'이라는 문장이 있다. 무감각한 삶은 무미건조하고 생명력이 없다. 무감각한 삶을 살고 싶지 않다. 특별한 사람만이 예술을 즐길 수 있는 건 아니다. 아이의 삐뚤빼뚤한 그림 한 점, 그림책의 그림, 미술책에서 마음을 울리는 그림을 만났을 때 기쁘다. 오래오래 담아두고 싶다. 손으로 표현하는 재주는 없지만, 안목을 가진 사람으로 살 수는 있다. 예술이 좋다는 아이의 말, 그 마음을 잘 지켜주고 싶다. 엄마와 아들이 나란히 미술관 나들이를 하는 모습을 상상한다. 나에게 영감을 주는 대상을 찾아 나서는 일은 매번 가슴을 뛰게 한다. 미술관에서 마주친 한 점의 그림으로 마음이 그득해지고 우연히 라디오에서 흘러나오는 멋진 음악을 들을 땐 평범한 일상이 말랑말랑해진다. 임윤찬의 피아노 연주로 하루를 시작하고, 책을 읽고 글을 쓰고, 그림책 속 좋은 그림들을 감상하며, 창밖에 있는 초록을 감상하는 일은 내 일상의 예술이다. 이젠 일상에 스며든 나의 삶이다. 우리도 삶을 빛나게 할 수 있는 예술적 감각이 있다. 그것을 밖으로 꺼내지 않았을 뿐. 청소부 아저씨처럼 즐기는 마음으로 일상에서 아름다움을 찾는 노력을 해보면 어떨까. 좋은 그림도 보고 책도 읽고 전시회도 찾아다니면서. 내 하루에 예술을 들여놓자. 마음에 담은 그림들이 많아지면 조곤조곤 아이들에게 그림 이야기를 해주는 큐레이터 할머니가 되고 싶다.

'짠' 와인잔을 부딪치는 순간

캘리포니아에는 '테메큘라'라는 대표적인 와이너리가 있다. 50여 개의 와인 양조장과 포도밭이 있는 곳이다. 주말 어느 날, 아이들과 함께 테메큘라에 있는 귤 농장에 귤 따기 체험이 있다고 해서 와이너리도 들를 겸 다녀왔다. 가을 햇볕이 따가운 11월의 토요일, 아침부터 준비해서 도착하니 11시였다. 비스듬히 경사진 귤 농장에서 귤 따고 있는 사람들이 많이 있었다. 햇빛이 따가워 챙이 넓은 모자와 장갑이 필수였다. 한국 사람이 주인이라 더 반가운 마음이 들었다. 입구에 들어서니 양파망 같은 주머니를 하나씩 나누어 준다. 한 망 가득 담으면 25불이란다. 테이블 위 상자에 맛볼 수 있는 귤을 하나 까먹어 보니 진짜 달다. 욕심이 생겨 두 주머니를 챙겨 들고 언덕으로 향했다. 언덕이 보는 것보다 가팔랐다. 나무마다 노랗고 파란 열매가 주렁주렁 열렸다. 바닥에는 다 익은 귤들이 터지고 밟혀 여기저기 떨어져 있었다. 아들의 손을 꼭 잡고 맛있게 생긴 귤을 찾기 시작했다. 아직은 초록빛이 많이 보이는 익지 않은 귤도 많았다. 한참을 망설이며 어떤 귤을 어떻게 따야 하는지 모르는 아들에게 말했다.

"껍질이 이렇게 야들야들하고 작은 귤이 맛있어."
귤 하나를 똑 따서 껍질을 까 보이며 말했다. 껍질이 스르르 벗겨지며 알맹이가 탱글탱글한 귤을 입에 넣으며 설명했다.
"너무 단단한 귤은 아직 안 익은 거야."

이런저런 말로 맛있는 귤이 어떤 건지 말하려다가 "그냥 네가 따고 싶은 귤을 따 봐." 하고 아들에게 귤 망을 줬다. 아들 눈에는 껍질이 반들반들하고 초록빛이 살짝 도는 귤이 맛있어 보였나 보다. 초록 귤은 아직 나뭇가지에 딱 붙어 따기도 힘들었다. 수확할 때가 아니라는 듯이. 한참을 따서 모아봐도 한 망을 다 채우기가 힘들었다. 처음에는 머뭇머뭇하던 아들도 가파른 흙 언덕 위아래를 뛰어다니며 귤 따기에 바빴다. 귤 주머니를 낑낑 끌며 다니려니 팔에 힘이 들어갔다. 두 주머니가 점점 가득

226

찾지만, 아직 따야 할 귤이 너무 많았다. 너무 욕심을 냈나. 저 위를 보니 레몬 나무에도 레몬이 주렁주렁 달려 있다. 한국에서 사서 먹던 크고 단단하고 샛노란 레몬은 아니다. 약 치지 않고 오로지 햇빛과 바람에 익어가는 알이 작고 껍질이 부드러운 귀여운 레몬이다. 아들은 이제 귤은 그만 따고 레몬을 따고 싶다고 했다.

“엄마. 이거 따면 집에 가서 레모네이드 만들어 줘.”
“그럼 20개 정도는 따야지. 엄마가 레몬청 만들어서 해줄게.”

귤 농장에서 나와 테메큘라 올드타운에서 바비큐립으로 점심을 먹고 와이너리로 향했다. 널따란 대지에 포도나무들이 끝없이 보이기 시작했다. Wilson creek이라는 제법 큰 양조장에 도착하니 들어가는 입구부터 차가 줄지어 서 있었다. 겨우 주차하고 들어가니 야외 잔디밭에 와인을 마시며 즐기는 사람들이 많았다. 한적한 길 분위기와는 정반대인 북적북적한 파티 분위기였다. 아이들을 데리고 구경하기가 힘들어 조금 한적한 와이너리를 다시 찾아갔다. Ponte winery. 테이스팅 룸 뒤로 분위기 있는 정원이 펼쳐져 있는 곳이었다. 시음할 수 있는 공간엔 아이들은 들어갈 수 없어 정원으로 가보니 테이블마다 와인을 즐기는 사람으로 가득했다. 해가 기울어 빛이 긴 그늘을 만들 무렵이라 그런지 포도주를 마시는 사람들의 얼굴에 부드러운 빛을 비추고 있었다. 서로가 와인잔을 '쨍' 하며 발그스름한 얼굴을 맞대고 있었다. 그때 하나의 그림이 생각났다.

덴마크의 화가 크뢰위에르가 그린 〈만만세〉라는 작품이다. 초록 나무 밑으로 한낮의 햇볕이 얼굴을 비추고 와인에, 분위기에 취한 사람들의 표정에 생기가 있다. 테이블에 놓인 와인병을 보니 벌써 여러 잔을 마신 것 같다. 아마도 친한 친구들이나 가족끼리의 만남이리라. 손에 들고 있는 잔을 위로 올리며 건배하는 소리가 우렁차게 들리는 듯 하다. 그윽하게 쳐다보는 눈빛에는 서로에 대한 애정이 담겨 있다. 아이를 감싸 안으며 앉아 있는 엄마의 다정한 모습, 얼큰하게 취한 듯 들떠 있는 모자 쓴 남자, 일어서서 잔을 맞대는 사람들의 몸짓을 보니 나도 함께 와인 파티에 동참하고 싶은 기분이 들었다. 경쾌한 음악이 흐르고 햇볕과 바람과 사람에 취해 소곤소곤 때로는 왁자지껄하게 웃는 모습이 살아 움직여 내 눈앞에 펼쳐지는 것 같았다.

엄마들과 독서 모임을 했을 때 야외 잔디밭에서 한 적이 있다. 도서관 동아리 방에서 오붓하게 우리끼리 한 모임도 좋았지만, 날씨가 좋으니 다른 분위기에서 하고 싶어졌다. 근교로 차를 타고 나가서 주꾸미 집에서 점심을 먹고 근처 카페에 가기로 했다. 문 열기 전에 도착하여 마당에 자리를 잡고 앉았다. 나무 의자와 테이블이 있어 그날 내가 가져온 그림책을 가방에서 꺼냈다. 앞에는 강이 흐르고 5월의 따뜻한 아침 볕이 나뭇잎 사이로 들어와 따뜻하고 바람도 살랑거렸다. 내가 가져온 사노 요코의 『하지만 하지만 할머니』라는 그림책을 꺼내 읽었다. 주꾸미 집 앞마당이 우리들의 독서 모임 장소가 되었다. 그때 막연하게 마당이 있는 북카페를 꼭 열어야지 하는 꿈을 꾸었다. 잔디밭에서 북 콘서트도 하고 책 모임도 하는 공간에 대한 욕심이 생겼다. 잔디밭에서 와인을 마시는 사람들을 보고 그때의 내 꿈이 생각났다. 와인과 책이 함께 하는 시간. 해가 뉘엿뉘엿 지고 바람은 잔잔하고 와인 향은 달달하고. 사랑하는 사람과 함께하는 그 시간은 귤이 익고, 포도가 익는 곳에서 더 정답게 느껴졌다. 해가 벌써 떨어지는 시간이라 우리는 잠시 감상한 뒤 집으로 향해야 했지만, 다음번 방문 때는 느긋하게 근처 호텔에서 하룻밤 묵으며 포도주 여행을 하고 싶어졌다.

좋은 풍미의 와인은 척박한 땅에서 자란 포도에서 만들어진다. 강한 햇볕을 견디고 바람에 맞서며 탱글한 알이 여물 때까지 기다려야 한다. 포도를 수확하더라도 바로 와인이 만들어지는 것은 아니다. 키우는 사람의 정성과 오크통에서 발효하는 시간을 거쳐야 한다. 어떤 향과 맛을 지닌 와인이 될지 기대하며 오늘 하루 잘 살아낸다. 책 읽고 글 쓰는 아침

2시간은 나만의 시간이다. 내 삶이 숙성되는 시간이다. 나만의 맛과 향기를 내는 고유한 사람이 되고 싶다. 집에 와서 따온 귤을 보니 여기저기 상처투성이인 귤이 많다. 못생기고 상처는 많아도 엄청나게 달다. 그릇 가득 귤을 담아놓고 까먹으며 앞으로의 날들을 상상한다. 와이너리 정원에 앉아 햇볕을 받으며 좋은 사람들과 "짠!" 잔을 부딪치는 그때를.

내 나이 50 공부하기 딱 좋을 때

일주일에 두 번 근처 대학에 있는 영어 수업을 들으러 다녔다. 아이들을 등교시키고 집을 대충 정리해 놓고 커피를 텀블러에 담아 집을 나섰다. 동네에 있는 스타벅스 앞에 정차하는 버스를 타려면 부지런히 걸음을 옮겨야 했다.

딸이 다니는 미들 스쿨을 지나 큰 사거리 도로 앞까지 걸어가면 산책코스가 있었다. 잔디밭이 넓게 펼쳐져 있는 트레일 길을 따라 내려갔다. 아침이라 공원은 조용했지만 여유롭게 산책하는 사람들을 많이 볼 수 있었다. 윙 소리를 내며 잔디를 깎는 아저씨, 쌀쌀한 아침에도 반바지에 러

닝셔츠를 입고 땀을 흘리며 혼자 달리기하는 남자. 삼삼오오 커피를 들고 이야기하며 운동하는 여자들. 나도 그들과 같이 아침 산책길을 따라 걸었다.

　산책은 금방 끝이 나고 다시 건널목을 건넌다. 출근 시간이라 그런지 빠른 속도로 달리는 차들이 많다. 신호 버튼을 누르고 길 건너 지나가는 사람들을 본다. 등교 시간을 놓친 중학생들이 자전거 페달을 밟아 급하게 길을 건너고 있다. 저 멀리 버스가 오는 것이 보이면 거의 뛰다시피 버스 정류장 앞까지 간다. 매 시각 55분마다 다니는 버스를 놓치면 수업을 들을 수가 없기 때문이다. 정류장에서 학교까지는 5분밖에 걸리지 않지만 처음 탈 때는 너무 긴장되었다. '이 버스가 학교에 가는 게 맞겠지? 아니면 돌아서 가는 건가? 학교 정거장에서 내릴 수는 있겠지?' 하는 걱정들. 버스가 도착하면 핸드폰에 저장된 바코드를 켠다. '삑' 하는 소리가 들리고 흑인 운전사 아저씨의 경쾌한 'good morning'을 들으면 그제야 한숨을 돌린다. 버스를 타면 마주 보고 있는 좌석들이 쭉 늘어져 있는데 빈자리는 몇 개 남아 있지 않다. 앉아 있는 사람들은 대부분 수업을 들으러 가는 어린 대학생들이다. 뿔테 안경을 끼고 고등학생처럼 장난기가 많아 보이는 인도 남학생, 자기 몸보다 커다란 베이지색 가방을 메고 있는 갈색 머리의 남학생, 머리에 히잡을 두른 여학생들은 버스 안에서 소

곤소곤 이야기를 나누며 역시 학교로 향한다. 스티브 잡스처럼 생긴 40
대의 아저씨도 있는데 어쩌다가 나랑 나이가 비슷한 사람을 만나면 괜히
반가운 마음이 든다.

　젊은 학생들 사이에서 나도 학생이 되어 오랜만에 캠퍼스 교정을 걸으
면 기분이 우쭐해진다. 띄엄띄엄 있는 건물 사이를 씩씩하게 걸어간다.
나는 영어 회화 기초반에 다닌다. 외국 사람을 만나면 입이 꽉 닫혀 어떤
말도 생각이 나지 않는다. 알아듣는 말이 많아지기는 했지만 내 입에서
나오는 말은 고작 '땡큐' 한마디다. 머릿속으로는 매끈하고 멋진 문장 하
나가 맴맴 돌지만 그게 입으로 나오려면 혼자 속으로 고치고 다듬고 별
짓 다 한다. 영어를 잘하려면 완벽한 문장을 만들려 하지 말고 생각나는
대로 뱉으라 하던데. 머리도 굳고 입은 더 닫혀 있다.

　나는 비록 ESL 과정이지만 내가 공부하고 싶은 미술사 강의를 듣는 신
입생 마음으로 잔디밭을 건너간다. '언젠가는 저 건물에서 나도 공부할
거야!' 하면서. 두꺼운 책을 손에 들고 강의실로 뛰어 들어가는 여학생의
뒷모습을 보며 '나도 저런 때가 있었는데. 젊어서 좋겠다, 정말.' 하고 혼
자 속으로 구시렁거린다. 겉으로 보이기에도 반짝거리는 통유리의 건물
앞에서 안을 슬쩍 들여다본다. 문을 열고 들어가 게시판에 붙은 광고도

읽어보고 강의실 안도 들여다본다. 둥그런 책상에 앉아 서로 자연스럽게 이야기하는 학생들을 보니 나도 빨리 영어를 잘하고 싶은 마음이 든다. 내가 공부하고 있는 건물은 학교 안쪽의 썰렁한 임시 건물이지만 나도 같은 캠퍼스에서 공부하는 학생이니까 어깨를 쫙 편다. 수업 듣기 전에는 파란 파라솔이 있는 야외 자리에 가서 책을 꺼내 복습한다. 지난번 선생님이 내주신 숙제도 하고 블루투스로 연결된 팟캐스트를 듣기도 한다. 시간이 되면 떨리는 마음으로 강의실로 들어선다.

강의실 안에는 다양한 국적의 사람들이 있다. 러시아, 중국, 인도, 일본 사람들. 대부분 아시아 사람들이다. 모두 영어가 유창하지 않은 사람들이 대부분이지만 완벽하지 않아도 큰소리로 툭툭 잘도 내뱉는다. '아. 나도 영어 잘하고 싶다! 발음은 안 좋아도 술술 잘 나오기만 하면 좋겠다.' 하며 한숨을 푹 내쉰다. 매일 하는데도 빨리 늘지 않는 것이 영어다. 영어를 잘하려면 다른 사람들과 스스럼없이 말할 수 있는 용기도 필요하다. 내 문장과 단어와 발음을 다 따져 완벽하게 말하려고 하면 지친다. 머릿속에서 생각나는 단어들을 그냥 불쑥 말해버리는 용기. 난 그게 없다. 내일은 더 씩씩해져야지 마음먹어도 쉽지 않다. 이상한 문장을 말해버리면 정말 숨고 싶어지니까. 옆자리에 앉아 있는 금발 머리의 러시아 아줌마에게 '하이' 인사를 하고 자리에 앉았다. 오늘은 어제보다 몇 마디 더 해야 한다는 마음뿐이다. 평생 공부하는 영어인데도 어렵다. 영어뿐일까. 이루고 싶은 것은 빨리빨리 성취되는 것이 없다. 내 마음 다스리기도 그렇고 다른 사람 마음 헤아리기도 어렵다. 매일 불경을 읽는데도 시도 때도 없이 화가 불쑥 나고 '오늘은 딸이랑 잘 지내봐야지.' 하다가도 내가 먼저 삐진다. 공부는 어떻고! 해도 해도 끝이 없는 게 공부다. 꼬리에 꼬리를 물고 하고 싶은 게 생긴다. 사실 대학생 때는 공부하기 싫어 학교도 많이 빼먹었다. 진짜 내가 원하는 공부가 뭔지 몰랐다. 대학도 점수 맞춰 과를 골랐다. 학점도 안 좋았고 의욕도 없었다. 내가 원하는 게 뭔지, 무슨 공부를 해야 하는지도 몰랐으니까. 중학교 2학년이 된 딸은 앞으로 무슨 일을 할지 매일 고민한다. 꿈도 많이 바뀐다. 꼭 어떤 직업을 갖느냐가 중요한 게 아니라 정말 하고 싶은 공부를 평생 계속하는 사람이 되었으면 좋겠다. 아이를 낳고 키우면서 50이 다 되어서야 공부다운 공부를 하는 나도 계속 배우고 싶은 것이 생기니까. 글쓰기와 미술사, 그리고 심리학 공부는 앞으로 꾸준히 하고 싶은 공부다. 비록 칼 융의 두꺼운 심리학 책을 펼쳐놓고 한 장 읽고 꾸벅 졸더라도. 영어원서를 읽고 북클럽을 하게 되는 날도 꿈꾼다.

한 학기를 다니고 결국 영어 수업을 등록하지 않았다. 그 대신 집에서 〈입이 트이는 영어〉를 낭독한다. EBS 앱을 깔고 복습하고 혼자 말하기 연습을 한다. 학교에서 수업 들을 때 느꼈던 좌절감은 없다. 아무도 없는 집에서 큰 소리로 마구 스피킹 연습한다. 발음은 구리지만 뭐 어때 하며. 아들이 "엄마 발음 진짜 이상해." 한다. "너도 처음부터 발음이 꼬부라졌냐?" 받아친다. 이 나이에 발음까지 매끄럽길 바라면 욕심이다. 미국 선생님과 술술 대화하려던 내 꿈을 이루려면 시간이 좀 걸릴 거다. 그래도 언젠가는 자연스럽게 외국인과 대화할 날이 있겠지.

매일 시간 내어 공부한다. 공부하는 게 재밌다. 딱히 써먹을 데가 있는 건 아니지만 계속하다 보면 언젠가 쓰일 날도 있겠지. 그렇다고 설렁설렁 하다말다 하는 공부는 싫다. 나만의 목표는 가지고 있는 게 좋다. 굳게 결심한다고 끝까지 계속할 수 있는 마음과 체력이 매일 생기는 것은 아니다. 하다가 좌절하고 포기하는 것보다는 오래 꾸준히 할 수 있는 작은 결심을 쌓아 나가야 한다.

"내일 무슨 과목 보는 거야. 공부 안 해?"

기말고사가 코앞인데 집에서 노래만 꽥꽥 부르는 딸에게 한마디 했다. 요즘 맨날 "공부는 왜 하는 거야?" 물어보는 딸이다. 한순간 까칠해진 딸의 표정을 보고 살며시 방문을 닫았다. 공부 때문에 또 싸울 수는 없으니까. 딸은 언제 공부의 재미를 알게 될까. 아마 내가 백날 이야기해도 모르겠지. 그래도 포기할 수 없다. 장바구니에 담아놓았던 책 『이토록 공부가 재미있어지는 순간』을 주문했다.

운 동 화   신 은   나

중학생 딸은 일주일 중에 하루만 빼고 매일 체육수업을 했다. 체육 시간에 주로 하는 것은 달리기였다. 캘리포니아 사람들은 달리기를 좋아한다. 아침에도 달리고 해가 쨍쨍한 한낮에도 달리고, 어수룩해지는 초저녁에도 달린다. 열심히 달리는 모습을 지나가다가 맨날 바라보기만 했다. 햇볕이 뜨거워 걸어 다니기도 힘든데 한낮에 웃통을 벗고 땀을 뻘뻘 흘리며 뛰는 사람들을 보면 입이 쩍 벌어졌다. 달리기에 정말 진심이구나. 딸은 점심시간 후 바로 달리는 것을 싫어했다. 제일 더울 때였기 때문이다. 힘들다고 맨날 투덜댔다. 언젠가는 아침 7시에 모여 동네를 한 바퀴 도는 워킹 데이도 있었다. 학교 앞에서 만나 1시간 정도를 전교생이

238

함께 걷는 이벤트였다. 체력을 기르기 위한 행사였지만 친구들과 함께 밖에서 보내는 시간이 그저 좋았을 거다. 게다가 학교에 돌아가면 맛있는 팬케이크 아침 식사가 기다리고 있었다나. 매일 걷고 뛰어다니니 딸의 체력은 좋아졌다. 조금만 걸어도 싫다고 힘들다고 투정 부렸던 딸은 트레일코스에서 한 시간 이상 뛰고 걸어도 힘들어하지 않는다. 역시 매일 꾸준한 운동만이 살길인가 보다. 한동안 꽤 열심히 홈트를 했었는데 좀 시들해지더니 몸이 여기저기 쑤시기 시작한다.

오른쪽 어깨가 안 좋다. 무거운 것을 들거나 가방을 메면 목에서 어깨, 팔뚝까지 찌릿찌릿하다. 목 디스크도 있어서 오래 앉아 있거나 책을 읽을 때 금방 목덜미가 뻣뻣해진다. 그래도 자기 전 목과 어깨를 푸는 요가를 따라 하고 스트레칭을 하면 조금 낫다. 요가 동작 중에 팔을 등 뒤로 올려 등과 허리를 쫙 펴는 동작이 있는데 팔이 올라가지 않는다. 오른쪽 팔을 들 수가 없다. 저질 체력이어도 무거운 것은 번쩍번쩍 잘도 들었는데. 팔에 힘이 들어가지 않는다. 욱신욱신하고 저릿저릿하다. 파스를 군데군데 붙이고 마사지기로 풀어봐도 소용없다. 근육이 없어서 병이 더 빨리 왔나 싶다. 남편은 베인 손가락이 아물지 않는다고 죽는 소리 한다. 이해는 되지만 그래도 밉다. 남편도 나이 들어 재생 능력이 떨어진 거겠지. 설거지도 못 하고 물도 닿으면 안 된다고 몸을 사린다. 나도 아프지만 밥도 하고 화장실 청소도 하고 빨래도 하고 산더미처럼 쌓인 설거지도 한다. 갑자기 서럽다. 내가 나이 든 것이. 흰머리 염색도 지긋지긋한데 이제 팔도 못 쓴다고 생각하니 우울해진다.

『운동화 신은 뇌』라는 책을 읽기 시작했다. 운동과 뇌의 상관관계를 여러 가지 사례를 들어 설명해주고 있는 책이다. 심장이 뛸 정도로 강도가 있는 유산소운동을 하면 나이에 상관없이 새로운 뇌세포가 생긴다고 한다. 새로운 세포는 계속 자극받아야 없어지지 않고 서로 연결되어 도움을 준다. 결국 뇌를 쓰는 활동, 예를 들면 새로운 언어를 배우고 책을 읽거나 글을 쓰고 공부하는 활동의 효과를 극대화하려면 운동을 해야 한다는 것이다. 아직 책의 초반까지만 읽어서 뒤에 나오는 내용을 모르지만, 숨이 찰 정도의 운동을 하고 난 뒤 뇌를 쓰면 더 집중이 잘되고 성과가 좋다는 것이다.

숨이 찰 정도의 운동은 잘 하지 않는다. 운동하면서 땀 흘려본 기억도 가물가물하다. 숨이 찰 정도가 되면 주저앉았다. 어렸을 적 운동장 철봉에서 오래 매달리기를 하거나 윗몸 일으키기를 할 때 죽기 살기로 바들바들 떨면서 버티기 했던 느낌을 아직 기억한다. 옆 친구보다 내가 더 오래 해야지 하는 마음으로 1초, 2초 더 안간힘을 썼던 그때. 사실 체력도 능력도 죽을 것같이 힘들 때를 넘어서야 한 단계 성장한다. 근육도 붙는다. 몸과 마음의 근력이 생긴다. 이제는 흐물흐물한 내 근육만 탓해서는 안 된다. 저질 체력이라고 쉬운 것만 해서는 팍삭 더 늙어버린다. 나이 50이 되니 정신이 번쩍 난다. 이대로 꼬부랑 할머니가 되느냐, 구십까지 팔팔한 할머니가 되냐는 '지금 어떻게 사느냐?'에 따라 달라진다. 먹을 것도 더 잘 챙겨 먹어야 한다. 냉장고 어딘가에 단백질 가루가 있었는데. 귀찮아서 안 챙겨 먹었지만, 한 숟가락을 푹 떠서 우유에 넣어 마셨다. 아이들만 매번 챙겨주고 난 뒷전이었는데 더 늙기 전에 잘 먹어야지.

책을 보고 있는데 집중이 안 되고 딴생각만 날 때, 글을 쓰려고 노트북을 폈는데 계속 빈 화면만 쳐다보고 멍때릴 때, 나의 뇌세포가 줄어들고 있다는 증거다. 귀찮아서 며칠 운동을 건너뛰거나 집에만 있을 때는 더 그렇다. 뭐든 한계에 부딪혔을 때 그걸 뛰어넘는 사람은 멋지다. 그래야 바라는 꿈에 가까워진다. 숨이 턱 막힐 때까지 한 일이 뭐였나 생각해본다. 고등학교 1학년 때 담임 선생님이 그랬다. "너랑 노는 애들은 다 너보다 공부를 잘하는 애들이야." 지금 같았으면 '뭐 어쩌라고.' 했겠지만 소심하고 마음 약한 나는 마음이 쿵 무너졌다. 빈정거리면서 말하는 말투 때문에 머리가 싸해졌다. 맨날 수학에서 점수가 깎였는데 죽기 살기로 수학 문제를 풀었다. 나랑 친한 친구들보다 더 잘하고 싶었다. 선생님께

241

보란 듯이 보여주고 싶었다. 기말고사에서 2등을 했다. 내가 받은 최고의 점수였다. 선생님이 아무 말도 못 했다.

달리기도 요가도 너무 우아하게만 했나 보다. 하다 말기를 반복했다. 유튜브에 홈트 100일 영상에 도전했다가 딱 4일하고 그만뒀다. 현란한 음악과 영상에 홀려 굳은 결심으로 따라 한 지 삼 일째 되던 날 이 운동은 내가 할 게 아니라고 마음먹었다. 처음엔 활활 타오르던 욕망은 사그라들었고 몸과 마음의 근력도 그대로였다. 하루 빡세게 하고 다음 날 힘들어 안 하는 걸 반복하기보다는 매일 꾸준히 하는 것이 좋다. 매일매일 하는 사람은 시간이 지나면서 탄력이 붙는다. 매일 이어가기만큼 어려운 게 없다. 매일 달리기, 매일 책 읽기, 매일 글쓰기, 매일 화내지 않기. 보통의 내공으로는 어림도 없는 일이다. 내 나이엔 한 번에 무리해서 숨이 턱 막히면 다음에 할 마음이 나지 않는다. 처음에 각 잡고 굳게 결심하면 할수록 쉽게 포기한다. 그냥 오늘 하던 일을 내일도 하는 것. 같은 길을 오늘도 걷고 내일도 걷는 일. 그러다가 숨이 가빠지면 크게 숨을 내뱉고 다시 이어 걷는 것, 그런 마음이 나에게 필요하다.

집을 나와 동네를 한 바퀴 돌고 공원까지 걸어갔다. 빠른 걸음으로 한 시간쯤 걸었더니 다리가 뻐근해지고 발바닥이 화끈거렸다. 잠시 벤치에 앉아 쉬려는데 반대쪽에서 달려오는 남자를 만났다. 무슨 경쾌한 음악이라도 듣는지 뛰는 발걸음이 그렇게 가벼울 수가 없다. 유유히 공원 입구 쪽으로 향하는 뒷모습을 입을 헤 벌리고 쳐다봤다. 나도 갑자기 달리기가 하고 싶어졌다. 내가 달리기하는 모습은 어떨까. 팔, 다리 힘이 없어 흐느적거리겠지. 몇 발짝 뛰다가 다리가 풀려 다시 걸었다. 집까지 걸어가는 길이 멀게만 느껴졌다. 그래도 이렇게 매일 걷다 보면 언젠가는 내 종아리에도 근육이 붙을 거다. 지금보다는 숨도 덜 차고 더 오래 달릴 수 있겠지. 그때가 되면 착 달라붙는 트레이닝복을 입고 머리카락을 날리며 공원을 뛸 수 있을 거다. 처음엔 의욕이 넘쳐 시작한 일도 체력이 없으면 오래 할 수 없다. 오늘도 내일도 계속하려면 체력을 길러야 한다. 힘들더라도 포기하지 않는 사람이 되고 싶다. 상상이 현실이 되려면 오늘도 내일도 운동화 신고 힘차게 달릴 수밖에.

너 는   나 의   봄 이 다

하교 시간이 되어 아들 데리러 학교에 갔다. 수업 후 운동장에서 마라톤을 하는 날이었다. 교실에서 나온 아들이 나를 보자마자 "나 오늘 안 해." 한다. 아침에 입고 갔던 긴 팔 트레이닝 윗옷을 벗어 던지고 저 멀리 놀이터로 뛰어간다. 집에서 학교까지 걸어오는 길, 모자를 안 쓰고 나왔더니 얼굴이 익는다. 기미가 더 올라올까 봐 선크림을 덕지덕지 바르고 나왔는데도 쏘아대는 햇살이 두렵기만 하다. 햇볕에 머리카락도 푸석해지고 살갗도 거칠어졌다. 아이들은 다르다. 신경을 안 쓴다. 벌써 얼굴이 시커메졌는데 선크림도 안 바른다. 지쳐있다가도 금방 펄펄 뛰어간다. 한 바퀴, 두 바퀴를 뛰더니 나에게 달려온다. "오늘은 선생님이 아이스크림을 안 주시나?" 하더니 찬물을 벌컥 마신다.

앤젤스 야구 경기를 보러 산타아나에 있는 야구장에 다녀왔다. 가기 한 달 전부터 표를 예매하고 앤젤스 로고가 있는 후드티와 모자를 샀다. 아들은 야구 글러브를 들고 공을 던지고 받고 연습하더니 야구광이 되었다. 나는 야구의 '야' 자도 모르지만. 앤젤스 팀에 오타니 선수가 나온단다. 오타니? 난 처음 들어보는 이름이다. 하도 사람들이 오타니, 오타니 그러니 네이버 인물 검색을 두드린다. 이름은 오타니 쇼헤이, LA 앤젤스의 투수다. 얼굴도 잘생기고 키도 엄청나게 크다. 나이는 나보다 딱 20년 어리다. 앤젤스의 A 로고가 박힌 유니폼과 모자를 쓴 사람들이 모여든다. 입구에서 짐 검사를 하고 안으로 들어갔다. 뜨거운 열기 때문에 계속 시원한 음료수를 찾는 아들과 맥이 빠져 자리에 계속 앉아 있었다. 앉자마자 시원한 맥주가 당긴다. '야구장에선 시원한 맥주지.' 한 잔에 14불짜리 비싼 맥주지만 어쩔 수 없다. 맥주를 손에 들고 벌컥벌컥 마셨다. 경기 시작 1시간 반 전. 아직 빈자리가 많았다. 아이들은 경기장에서 몸 풀고 있는 선수들을 보며 환호성을 질렀다. 야구 경기의 콘셉트는 '스타워즈 나잇'이었다. 요즘 들어 스타워즈 영화에 푹 빠진 아들은 더 신이 났다. 전광판에 불이 들어오고 스타워즈 캐릭터 복장을 한 사람들이 잔디 구장에 나타났다.

한쪽에서는 짧은 치마를 입은 언니들이 기다란 파이프같이 생긴 총을 들고 나와 관중석을 향해 쏘아댄다. '팡' 하는 소리와 함께 튕겨 나온 무언가를 잡기 위해 사람들이 환호성을 지른다. 내가 앉은 자리 양옆으로 커다란 전광판이 있었다. 한쪽에선 경기장을 꽉 메운 사람들을 비춰준다. 큰 화면에 자기가 나온 걸 확인한 사람들은 만세를 부르고 춤을 추고 소리를 지른다. 아들은 친구랑 엉덩이를 흔들며 손을 위로 들고 흥에 겨워 춤까지 춘다.

우리 앞자리엔 두 커플이 자리 잡았다. 해가 경기장 밖으로 질 무렵 여유 있게 자리를 찾은 사람들이다. 아까처럼 눈이 부시지도 않고 열기 때문에 얼굴을 찡그리지도 않을 초저녁 시간이었다. 한 손에는 치즈 나초, 한 손에는 맥주캔을 들고 자리에 앉는다. 무슨 재밌는 이야기를 하는지 귀를 쫑긋 열어보지만 다다다다 빠르게 들리는 영어 소리만 들릴 뿐이다. 내 옆으로는 멕시칸 부부와 어린 딸이 앉았다. 그들 역시 야구에 진심인 커플 같다. 똑같은 응원복을 입고 진지한 표정으로 경기장을 뚫어지게 쳐다본다. 나는 아장아장 걷는 앙증맞은 청바지를 입은 아가에게 마음을 뺏겨 연신 싱글벙글 까꿍한다. 반대편 관중석에서 파도타기가 시작됐다. 손을 번쩍 들고 와 하는 소리와 함께 물결이 일렁거린다. 우리 차례가 와서 나도 손을 번쩍 들어 소리를 지른다. 경기가 시작되고 백발인 긴 머리를 하나로 묶은 할머니와 스포츠머리 할아버지 부부가 손을 꼭 잡고 빈자리에 앉는다. 나이를 가늠해보니 칠십이 훌쩍 넘어 보인다. 사이좋은 노부부다. 저렇게 부드러운 눈빛으로 서로를 쳐다보다니. 2대 0으로 앤젤스가 이기고 있어서 사람들은 더 신났다. 나이에 상관없이 앤젤스 야구팀을 응원하는 사람들의 열정이 스타디움을 가득 메웠다. 응원 소리와 쾅쾅 울리는 음악, 화려한 조명, 선수들의 힘찬 스윙까지 듣는 즐거움과 보는 기쁨이 어우러진 흥겨운 시간이었다.

결혼하고 첫째가 아기였을 때 성시경 콘서트에 갔다. 5월의 어느 날 연세대 노천극장에서 열린 콘서트를 예매하고 얼마나 손꼽아 기다렸는지 모른다. 몇 주 전부터 친정엄마께 딸을 부탁드리고 남편에게도 미리 말했다. 집에만 틀어박혀 아가 보느라 늘어진 티셔츠만 입다가 친구랑 만나 콧바람 쐰다고 생각하니 며칠 전부터 가슴이 두근두근했다. 게다가 좌석도 좋아서 성시경을 코앞에서 볼 수도 있으니. 공연 중에 야광봉을 흔들며 노래를 얼마나 크게 따라 불렀는지 오랜만에 '오빠!' 소리가 절로 나왔다. TV에서 볼 때보다 훤칠하고 목소리도 살살 녹았다. 〈거리에서〉를 부를 땐 내 눈가도 촉촉해졌다. 그런 흥분과 떨리는 순간을 잊고 살았다. 이제는 뭘 해도 무덤덤한 감정이 무뎌진 아줌마로 살고 있다니. 그래도 지금 노래를 들으면 그때 그 느낌이 살아난다. 〈너는 나의 봄이다〉를 듣고는 눈물도 찍 흘린다.

젊었을 때는 뭐에 확 꽂히면 이것저것 재지 않고 일단 해보는 사람이 있었는데 나이가 드니 여러 가지 신경 쓰이는 것도 많다. 돈도 들고 시간도 걸리면 쉽게 포기도 한다. 그런 건 아마 내가 재미를 느끼지 못하는 것일 수도 있다.

오프라 윈프리의 책 『내가 확실히 아는 것들』에 이런 문장이 나온다. 계속 자리에 앉아 있을 것이냐, 춤을 출 것이냐. 선택의 갈림에 설 때, 춤을 추었으면 좋겠다고. 내가 좋아하는 것에 풍덩 빠져 후회 없이 매일 살아가는 사람은 멋지다. 무대에 나가 춤을 출 기회가 있을 때 성큼성큼 걸어가 신나게 춤을 출 수 있으려면 정말 즐기려는 마음도 필요하다. 뜨겁게 응원하고 노래를 부르고 춤을 추며 야구에 진심인 사람들을 보니 부러운 마음이 들었다. 열광하고 빠져들며 밤낮으로 궁리하는 마음이 있다는 게 얼마나 멋진 일인가. 나이 들었다고 지지리 궁상떨지 말고 지금이라도 재밌고 좋아하는 걸 찾아 즐기는 인생. 잊었던 소녀 감성도 찾고 내 취향도 발견하며 하고 싶을 걸 할 수 있는 것에도 용기가 필요하다.

성시경 팬클럽에 가입한 동생은 온종일 노래를 듣는다. 집에서도 차 안에서도 늘 똑같은 플레이 리스트다. 1년 내내 같은 노래만 듣고 자라는 조카들도 이제는 흥얼흥얼 따라 부른다. 콘서트 열리기만을 기다리며 오매불망 시경 오빠 사랑이다. 내가 고등학교 때 좋아했던 뉴키즈 온 더 블록. 그들도 아저씨가 됐다. 같이 늙어가지만, 마음만은 그때 콘서트장에 가 있다. 야광봉을 흔들며 몸을 흔드는 여고생. 그때의 나처럼 재밌게 나이 들어가고 싶다.

　　원고를 마무리하며 다시 읽었다. 정말 별다른 것 없는 인생이다. 이런 이야기가 글이 되고 책이 될까. 수도 없이 혼자 생각했다. 평범한 40대 주부의 평범한 일상 이야기다. 캘리포니아에서 초고를 시작했다. 하루에도 열두 번 마음이 으르렁거릴 때였다. 하루하루는 더없이 잔잔했는데 나는 그렇지 못했다. 눈물을 쏟아내고 꺼이꺼이 울다가 마음이 잦아들면 다시 새로운 결심을 하는 이상한 상태가 계속됐다. 어떤 날은 밖에 나가 햇볕을 쬐며 정처 없이 걷고 어떤 날은 혼자 스타벅스에 앉아 옆에 앉아 있는 사람들의 이야기에 귀 기울였으며(영어라서 잘 안 들렸지만) 또 어떤 날은 종일 집에서 노트북과 씨름했다. 딸과 대판 싸웠던 날, 핸드폰 두고 나간 딸이 걱정되어 동네 공원을 뛰어다니며 생각했다. '내가 지 키우느라 폭삭 늙었구먼. 왜 저러는 거야. 도대체.' 얌전하기만 했던 딸도 아마 그 시기엔 나처럼 모든 게 혼란스러웠던 거였다.

　모든 일에 신경을 바짝 기울이지 않으면 스르르 무너질 것 같은 날들이기도 했다. 싱크대가 막히거나, 전기에 이상이 생기거나, 학교 선생님과 상담하거나, 은행 계좌에 문제가 있거나. 모든 사소한 일들 하나하나 처리해야 하는 게 두려움 그 자체였다. 말문은 막히고 동동거리며 무슨 말이라도 해야겠다는 생각에 말도 안 되는 영어를 씨부렁거리면서 뜨거운 날들을 보냈다. 매일 조용하고 한적한 산동네에 살다가 넓은 세상으로 가니 내 마음은 더 쪼그라들었다. 그동안 끙끙 앓고 속으로만 삭였던 문제들이 하나씩 꺼내졌다. '이 정도는 참아야지.' '이래야 내 마음이 편하지.' 은근슬쩍 퉁치던 나쁜 습관들, 다 내가 스스로 자처한 일이었다. 나에게 쓰는 글 같지 않은 글을 많이 끄적였다. '너는 그때 왜 그랬니?' '그때는 마음 아팠지?' '더 힘을 내!' '좀 더 노력할 수 없었어?' 같은 말들을 빈 종이에 가득 쏟아냈다. 비난과 위로, 격려의 말을 쏟아부으며 나를 요리조리 뜯어봤다. 그냥 나를 인정하고 받아들이면 될 것을. 부정하고 한숨만 쉬었던 나를 똑바로 보게 되었다. 내 상태를 받아들이니 마음이 편해졌다. 이 나이가 되도록 뭐 하나 제대로 이룬 거 없는 아줌마 인생을. 두 아이는 이제 할 말 좀 하는 아이들이 되었고 아이들에게 꼭 붙어 있던 나는 이제 혼자 있는 게 더 좋은 나이가 되었다.

혼자 시간을 많이 누리면서 자연스럽게 '나'에 대해 많이 생각했다. 내가 하고 싶은 일, 꿈과 목표 같은 거창한 일부터 지금 뭘 해야 재밌을까, 무슨 책을 읽을까 하는 소소한 일까지. 나는 무언가 되고 싶은 사람이었다. 하고 싶은 일을 자유롭게 하면서 잘 살고 싶었다. 자신 없고 움츠리고 나를 드러내지 못했을 뿐, 내가 잘할 수 있는 게 뭘까 고민했다. 불안하고 불완전한 나를 힘껏 안아주기로 마음먹었다. 늘 밖으로만 두리번거리던 마음을 멈추고 내가 가지고 있는 걸 하나씩 발견하기 시작했다. 이미 가지고 있는 이야기가 많았다. 꺼내어 반들반들 윤이 나게 닦고 꾸준히, 묵묵히 앞으로 나아가면 되는 거였다. 변화는 순식간에 일어나는 게 아니다. 나를 위해 시간을 내어 몸과 마음을 단련해야 한다. 엄마의 심신 단련! 지나온 40대, 돌아보니 나는 부단히 나를 단련시키고 있었다. 책 읽고 글 쓰며 혼자만의 시간을 누렸다. 일상에서 작은 기쁨들을 쌓아나 갔다. '이렇게 한다고 뭐가 달라질까?' 속상하고 의기소침해지는 날도 있었지만 좌절하고 다시 시작하고를 반복했다. 생각해보면 별거 아닌 일들이 나를 성장시켰다. 내가 좋아하는 일을 하나씩 늘려가 나만의 루틴을 만들었다. 뒤죽박죽 엉킨 마음이 매일 하고 싶은 일로 가득 채워질 때 마음이 꽉 차올랐다.

내 마음을 지키고 싶었다. 이리저리 남의 시선, 남의 말에 휘둘렸던 내 과거를 떠나보내고 싶었다. 나를 우선순위에 두니 얼기설기 엉켰던 마음이 조금씩 풀리기 시작했다. 나는 온전한 내가 되고 싶었다. 환경에, 상황에 맞추어 한계를 그었던 나를 더 자유롭게 풀어주고 싶었다. 내 마음이 원하는 걸 하기로 했다.

일상을 잘 지켜야 한다. 나를 지키는 힘은 일상에 있다. 날마다 반복되는 평범한 일상을 가꾸는 마음으로. 내 일상도 누군가에게 힘이 되고 반짝거릴 수 있다는 걸 글을 쓰며 알았다. 소소한 나만의 작은 이야기를 시작하고 끝을 맺으며 나를 탐구하는 시간이 쌓이니 자연스럽게 내가 좋아졌다. 서점을 어슬렁거리거나, 목적 없이 길을 걷거나, 혼자 밥을 먹고 카페에 가서 책을 읽거나, 그림을 보거나 하는 나를 위한 모든 일이 더 애틋해졌다. 따뜻한 사람이 되고 싶은데 뾰족한 날을 세우고 의기소침해지는 날, 나는 혼자가 된다. 이해하지 못하는 심리학책을 끼고 낑낑거리며 애쓰는 날도 있지만, 노트북을 펴고 다다다 글로 쓰면 마음이 풀린다.

오랜만에 내가 좋아하는 영화 〈어바웃타임〉을 봤다. 주인공은 안 좋은 일이 생길 때마다 과거로 갈 수 있는 능력을 가지고 있다. 돌아가고 싶은 순간을 상상하면 과거의 한 때로 가서 상황을 바꾼다. 여자 친구 마음을 돌리기 위해 애쓰고, 사고를 피하며 행복하기 위해 노력하지만, 또 다른 문제가 생겨버린다. 어느 순간으로 돌아가 삶을 다시 살 수 있다면 인생이 완벽해질까? 시간 여행을 하며 깨달은 건 '그저 내가 이 하루를 위해 시간을 지나온 것처럼' 오늘을 온전히 만끽하며 내게 주어진 하루를 잘 살아내야 한다는 것이다.

함께 매일 글쓰기를 하고 있다. 시간을 내어 정성스럽게 자기가 쓴 글을 공유하고, 그 글에 따뜻한 댓글로 마음을 표시하는 사람들이다. 바쁜 시간 짬을 내어 부지런히 일상을 잘 살아가려고, 작은 기쁨을 쌓아가려는 사람들. 내 안에 있는 이야기를 발견하려고 고요한 시간을 만드는 엄마들 모습이 예쁘다. 비록 우왕좌왕하고 서툴고 힘 빠지는 날도 있지만 그런 하루도 묵묵히 내 삶을 살아내는 엄마들을 보면 불끈 힘이 생긴다. 일상을 잘 살아가는 건 자신을 위한 사랑이 있기에 가능한 일이다. 평범한 일상을 특별하게 만드는 힘은 우리 안에 있다. 나를 사랑하는 마음으로 더 많은 이야기를 여러 사람과 나누는 사람이 되고 싶다.

.